異世界で捨て子を育てたら
王女だった話

登場人物紹介

エリーゼ

元伯爵家令嬢。
家が没落後、
市井に暮らしていたが
偶然、身寄りのない
ティーナを
育てることになる。

ティーナ

天使のように
可愛らしく
どこか気品ある少女。
育て親の
エリーゼを
姉のように慕う。

CHARACTERS

CHARACTERS
アルベルト・
レンフィールド公爵
クリスティーナの叔父で現国王の弟。
近衛騎士団に属しており、エリーゼを溺愛する。
グレース・
クリフォード
クリフォード侯爵夫人。
娘としてエリーゼを可愛がる、
よき理解者。
クリフォード侯爵
エリーゼの母の兄で、
エリーゼを侯爵家に
引き取って義父となる。
オスカー・
クリフォード
クリフォード侯爵家長男。
女性嫌いでエリーゼにも
冷酷な態度を取る。

プロローグ　さよなら、私の王女殿下

いつかこんな日が来るだろうと、自分なりに心の準備をしていたつもりだった。

それなのに、こんなに寂しい気持ちになるなんて……

「王女殿下……、どうかお元気で。殿下と過ごした日々は……、……私にとっての宝物です。殿下の幸せを願っておりますわ」

「お姉ちゃんは一緒に来られないの？　私、お母さんに会えるのは嬉しいけど、お姉ちゃんと離れたくないの！　お姉ちゃんが大好きだから、一緒に来てほしいわ」

私の可愛いお姫様は、こんな時でも嬉しいことを言ってくれる。

でも、私はこの子の幸せのために心を鬼にする。この子には王女殿下として素晴らしい人生が待っているのだから、私みたいな何の力もない平民が側にいてはいけない。だから、私はこの子の旅立ちを笑顔で見送るの。

――ところで、こんな日のために言葉遣いを練習させてきたのに、さっきの言葉遣いは絶対にダメ！

「王女殿下、お姫様ごっこですわよ。言葉遣いや食べ方のマナー、カーテシーはお姫様ごっこを思い出してくださいませ。お母さんではなく、お母様とお呼びするのです」

まだ五歳くらいの可愛いお姫様は、言葉遣いを注意されて、あっ……っという表情をする。

「はい。気を付けますわ」

「王女殿下なら大丈夫ですわ。頑張りましょうね」

「はい。お姉様！」

よし！　遊びでお姫様ごっこをしたことは役に立ってくれそうだわ。

ええと……、私達のやり取りを不思議そうな目で見ている迎えの近衛騎士にアレを渡さないと。

この中で一番偉そうなキラキラ金髪のイケメン騎士に渡しておこうかしら。

「騎士様。この日記帳には、赤子だった王女殿下を保護した日から、今日までの成長の記録を書いております。これを王妃殿下にお渡し願えますか？」

近衛騎士はこんな物を渡されるとは思っていなかったようで、一瞬驚いたように目を見開いたが、すぐに和やかな表情になった。

「畏《かしこ》まりました。必ず王妃殿下にお渡しいたします。それでは……、そろそろ出発してよろしいでしょうか？」

これで本当にお別れなのね……

「……っ。は、はい。どうかお気を付けて」

私が泣いたら王女殿下を不安にさせてしまう。だから泣かないと決めていたのに、涙が勝手に流れていた。

「………」

泣く私を見た王女殿下は無言になってしまい、そのまま馬車に乗せられていってしまった。

寂しいけれど、これで良かったのよ……

私が十五歳の時、空き家の前に置き去りにされていた王女殿下を見つけて保護してから必死に育ててきた。子育てには休みがないから大変だったが、とても楽しかった。

捨て子にしては容姿が気高く美しいし、高そうな服を着ておくるみには名前が刺繍してあったから、貴族のワケありの子供なのかもしれないと思っていた。

いつか本当の家族が引き取りに来るかもしれないと考え、捨て子だからと馬鹿にされないようにしっかりと育ててきたつもりだった。

マナーや言葉遣いを学ばせるために、お姫様ごっこの遊びを通していろいろ教えてきたけど、まさかこの国の王女殿下だったなんて。

幸せになってほしいな……

私はずっと忙しかったから、しばらくはのんびりしよう。

家の中が静かすぎるけど、すぐに慣れるよね。

窓からは、旅立つ王女殿下を祝福するかのような綺麗な青空が見える。

そういえば、私が王女殿下と出会った日も青空の綺麗な天気のいい日だった。

第一章　私と王女殿下の出会い

私、エリーゼ・ステールは魔法が存在し、身分制度がある国で、お金持ちの伯爵令嬢として生まれた。

両親は一人娘の私より、金と権力にしか興味がない人達だった。政略結婚の駒に使う目的のために、私の教育と外見を磨くことに関してだけは惜しみなくお金をかけてくれる。

一流の家庭教師達による勉学にマナーやダンス、刺繍などの淑女教育を小さな頃から厳しく指導されながら育つ。全ては私をいいところに嫁がせるためだけに。

この国では爵位を継ぐのは男性のみと決まっており、両親は私が嫁いだ後に親戚から自分達の言いなりになってくれそうな、従順な性格の養子を迎えるつもりだったらしい。

私を駒としか見ていなかった父が、口癖のように言っていた言葉がある。

「エリーゼ。お前は母親に似て容姿は美しいが、魔力が弱いから駄目だ。だからこそ、それ以外のことはほかの令嬢に負けないよう、しっかりやるように！」

この世界では、貴族は魔力の強さを望まれる。それなのに私は魔力が弱く、大した魔法が使えなかった。

政略結婚では魔力が強ければそれだけで有利になり、平民でも貴族の養子に求められるくらい重宝されていた。

しかし、私はまだ魔力を覚醒しきれておらず、とても魔力が弱かった。魔力の覚醒には個人差があり、天才と言われる人は幼い頃から能力を認められていたのだ。

魔法の才能はなかったものの、私は幸いなことに美しいと評判の母親にそっくりな容姿をしていた。

ピンクブロンドのふんわりとした髪は高価な人形のようだと言われ、緑色のぱっちりした目が特徴的で、幼い頃から美人だと褒められた。

私の母は、いつもパーティーや買い物に出掛けており、ほとんど邸《やしき》にはいなかった。時々顔を合わせても、娘である私には声すら掛けてくれずに存在を無視されていた。母は子育てには全く興味のない人だったのだ。

それでも私には優しい乳母がいてくれた。両親が私に興味がなくても、乳母が愛情を与えてくれたから、私は人の心を持てたのだと思っている。


私が十二歳の時、父の事業が大失敗し、伯爵家が没落してしまう。

没落して貧乏になったため、使用人達も全員辞めることになり、私が大好きだった乳母のステラも邸《やしき》を出ていくことになってしまった。

「お嬢様。許されるならば、私はお嬢様を一緒に連れていきたかった。この先、旦那様と奥様と三人で生活されるでしょうが、もしもの時は逃げるのです。以前、街にお連れした際、私がお教えしたことを思い出して行動するのですよ。私はお嬢様の幸せをずっと願っておりますわ」

ステラはいざという時のためだと言って両親に内緒で数枚の金貨を私にくれると、涙を流しながら出ていった。

親代わりだったステラとの別れはとても悲しく、私は涙が止まらなかった。

「エリーゼ、いつまで泣いているんだ？　私達の方が辛いのに、金食い虫のお前がいつまでも泣くな！」

父は没落した苛立ちを私にぶつけてきた。

さらには母までも……

「エリーゼ、泣いてないで早く荷物をまとめなさい。使用人がいないのだから、代わりに貴女が働くのよ。今まで私達に世話になってきたのだから、貴女が働いて恩返しするの。……わかった？」

「……っく。……うっ。ぐすん……」

「泣いてないで早くやりなさい！」

バシッ！　その瞬間、頬に衝撃を感じた。泣く私に母が手をあげたのだ。

「うっ……。痛い……」

しかし、殴られてすぐにありえないほどの頭痛が襲ってきて、私はその場にしゃがみ込んだ。

「エリーゼ、少し頬を叩かれたからって大袈裟よ！」

「おい！　エリーゼは大切な商品だぞ。いざという時に高く売るんだから、傷をつけるのは駄目だ。気を付けろ！」

こんな時ですら両親は相変わらずだった。

しかし、私はそれどころではなかった。強い頭痛と一緒に、エリーゼとは別の人生の記憶が頭に入ってきたからだ。

日本という国で平凡な専業主婦をしていたあの頃、私には小学生の娘がいた。普通に仲の良い家族だったと思う。娘と二人で出かけた時、私達のところに車が突っ込んできた。私は咄嗟に娘を庇《かば》って……

これは私の記憶……？

「エリーゼ、数日後にはこの邸《やしき》を売り払って出ていかなくてはならないのよ！　今日は具合が悪そうだから明日でいいわ。貴女がこの邸《やしき》の荷物を整理しなさいね！」

父と母は、頭痛で苦しむ私を放ってどこかへ行ってしまった。自分達で食事が用意できず、何かを食べに出掛けたのだろう。

少しすると頭痛が落ち着き、私は冷静になっていた。

私は自分の前世というものを思い出してしまったのね……

子育てをしていた専業主婦の記憶が戻って思ったのは、私の両親は毒親だということ。ステラが逃げなさいって言った理由が今ならよく理解できる。この先、両親が変わることはないだろう。

うん、逃げよう！　両親がいない今がチャンスね！

私は急いで地味なワンピースに着替え、お忍びで出かける時に愛用していたフード付きのケープを羽織った。小さなバッグに、ステラがくれた金貨と母が見向きもしないような小さな宝石や小銭、最低限の着替えなどを詰めて邸《やしき》から飛び出した。

家を出た私は、以前ステラが教えてくれた、乗り合い馬車の乗り場に向かって走った。

『お嬢様。うちの使用人達は里帰りの際、あそこから馬車に乗って帰っているのですよ』

ステラは社会勉強だと言って、時間のある時に街中に連れていってくれた。折りに触れ平民の暮らしやお金の使い方、街中で注意すべきことなどを教えてくれていたのだ。

無事に馬車乗り場に着いた私は、ちょうど出発するという馬車に運良く乗せてもらえる。

行き先を決めていなかった私は、今いる場所から遠ければどこでもいいと考えていた。

私の乗った馬車に、先に乗っていたのはおばさん一人だけだった。

「アンタ、訳ありだね？」

頬を腫らし、逃げるように馬車に乗ってきたから訳ありに見えたらしい。

「はい。詳しくは言えませんが……」

「遠くに逃げたいなら、降りた先でまた違う馬車に乗り換えた方がいいかもしれないね」

確かに、あの毒親二人は私が居なくなったのを知ったら捜すかもしれない。私を売り飛ばすつもりでいるから、むしろ必死になって捜すだろう。

「次の町からも乗り合い馬車が出ているから、そこで乗り換えな。御者には口止め料を渡した方がいいかもしれないね。気を付けて行くんだよ」

「わかりました。ありがとうございます」

次の町で降りる時に御者のおじさんにこっそり小さな宝石を渡すと、おじさんは何かを悟ったようだ。

「もうすぐ別の乗り合い馬車が来るからここで待つといい。田舎に行くとアンタの容姿は目立つから、人が多い都会の方がいいな。そうだ！　港町に行くといい。あそこなら人も多いし仕事も見つけやすいだろう。ワシは何も見てないことにするから大丈夫だ」

宝石を渡されて嬉しかったのか、おじさんはいろいろ教えてくれた。

「おじさん、ありがとう！」

「気を付けてな」

その後、次の乗り合い馬車に乗り換えて港町を目指していると言ったら、また違う町での乗り換えを教えてもらえた。

それから乗り換えを繰り返し、暗くなる頃には無事に港町に着くことができた。

◇　◇　◇

「リーゼ、買い物を頼めるかい？」

「女将《おかみ》さん、何を買ってきますか？」

「八百屋に行って、ニンジンとジャガイモを買ってきておくれ」

「はい。行ってきます！」

無事に港町に着いた私は、その日泊まった宿屋の人から知り合いの宿屋を紹介してもらい、運良く働く場所を見つけることができた。

前世で専業主婦だった私にとって、宿屋の仕事は普通に楽しかった。

五十代くらいの親切な女将《おかみ》さんと旦那さんが二人で経営する宿屋は、昼は食堂もやっていてアットホームな感じでとても居心地がよかった。

今の私は、ここでリーゼと名乗って生活をしている。

「リーゼ、火をつけてもらってもいいかい？」

「はい！」

魔力の弱さを引け目に感じて生きてきた私だが、平民の人達は魔力を持たない人ばかりで、かまどや暖炉に魔法で火をつけただけでも女将《おかみ》さんや旦那さんはとても喜んでくれた。

「リーゼ、お湯を頼めるかい？」

「はい！」

でも、気のせいかな？　前よりも魔法の発動が簡単になったというか、使える魔法が増えたような……

水魔法は水を少し出すくらいしかできなかったのに、今は大量の水やお湯を出せるようになったし、火の魔法はマッチの火くらいの大きさしか出せなかったのに、今ではバーナーよりも強い火が出せるから、火おこしが楽になったと女将《おかみ》さんが感謝してくれた。

女将《おかみ》さんも旦那さんも喜んでくれているからいいやと、私は深く考えずにいたのだが……

「リーゼの魔力は結構すごいと思うんだ。もしかしたら、ほかにもいろいろできるかもしれないぞ。

今度の休みの日に教会に連れていくから、神官に見てもらおう！」

私の魔法を見ていた旦那さんが急にそんなことを言い出す。魔力は教会や神殿にいる神官が診断するので、旦那さんは一度見てもらった方がいいと考えたようだ。

「私は今のままで満足していますから必要ないですよ」

貴族でいる以上は魔力を気にするが、平民であればそこまで重要とされなかったので、私は自分自身のことであってもあまり興味が持てなかった。

「自分の特技を知らないと損をするぞ。ちゃんと見てもらった方がいい」

「リーゼ、私もその方がいいと思うよ。たまには休みの日に二人で教会に出掛けるのもいいだろう？」

旦那さんと女将《おかみ》さんの様子から、私のためを思って言ってくれているのがよく伝わる。あの毒親二人とは大違いだと思ってしまった。

「二人がそこまで言ってくれるなら教会に行こうと思います。よろしくお願いします」

早速、私達は次の休みに教会にやって来た。そして私だけが別室に呼ばれ、神官に魔力を見てもらえることになったのだが……

「では、この水晶に手を当ててください。……ふむ。……えっ？」

神官が目を見開いて、驚いた表情をしている。

「あの、何か？」

「お嬢さんは、貴族の養女に望まれるくらいに強い魔力をお持ちのようです。水晶のお告げでは火と水が使えるとあるのですが……」

大当たりー！　心の中で神官に拍手をする。私は元貴族令嬢でした。

それよりも、私は毒親が呆れるくらい魔力が弱かったはずなのに、知らないうちに魔力が強くなっていたようだ。

「はい。火と水は使えましたので間違いはありません」

すると、神官は気まずそうに口を開く。

「お嬢さん、実はそのほかにもありまして。私は初めて聞いたのですが……」

「えっ！　ほかにも使える魔法があるのですか？」

「ええ。水晶のお告げでは〝カジ〟と」

……カジ？　そんな魔法は聞いたことがなかった。

「カジって何ですか？」

「私も初めて聞くのでよくわかりません。珍しい魔法だと植物を育てたりや雷、治癒などがあったのですが、カジは初めて聞きました。鍛冶屋で名剣でも作れる魔法でしょうかね？」

本気で困った表情をしている神官。嘘を言っているようには見えなかった。

しかし、私は魔力が強くなっていたと知れて満足していた。

いまさら、鍛冶屋にジョブチェンジする気にはならないし、一応私は女の子なのだから、あんな力が必要そうな仕事は絶対にできない。

「普通に生活するには火と水が使えるだけで満足しているので、特に気にしません。ありがとうございました」

「また何かあれば来てください」

ずっと待っていてくれた旦那さんと女将《おかみ》さんに、魔力が強くなっていたと報告すると、自分のことのように喜んでくれた。

その後、三人で美味しいランチを食べてその日は帰ってきた。

〝カジ〟なんて魔法は、興味がなかったこともあってすぐに忘れてしまった。

しばらくして仕事に慣れた私は店の看板娘になっていた。

この土地は港町なので、いろいろな国の人がやって来る。外国の珍しい食材も売っていて、なかなか面白い町だった。

この国の平民は茶系の髪色が多く、私の鮮やかなピンクブロンドは目立つのではないかと少し不安だった。しかし、外国から来た人がたくさんいるこの国際色豊かな町では全然目立たなかったから安心した。


平民の生活を楽しんでいた私は、気が付くと十五歳になっていた。

十五歳になると体つきは女性らしくなり、出るところは出て引っ込むところは引っ込んだ体形になっていた。

これは毒母からの遺伝だ。あの母の性格は腐ったように最悪だったが、見た目だけは無駄に良かった。家にほとんどいなかったから、外に恋人でもいたのかもしれない。毒父も愛人がいると使用人達が噂をしていた。

いまさらだけど本当に酷い家族だった。今の生活はなんて幸せなんだろう。

そんな平民の生活を楽しんでいた私に、大きな変化が訪れた。

天気の良いその日、私はいつものように食堂の仕事をしていた。

「リーゼ。お客様さんが引いてきたから、店はもういいよ。このお弁当を届け終わったら、そのまま帰っていいからね」

「はい。お先に失礼します」

この店は、徒歩の距離に住む常連さんにお弁当を届けるサービスもしている。

お弁当を届け終わった後、そのまま帰ると言っても、私が住んでいるのは宿屋のすぐ裏にある女将《おかみ》さん達の家の二階で、帰るというよりは部屋に戻るという感じだ。

お弁当を届け終わった私が、青空の下を気持ち良く歩いていると赤ちゃんの泣く声が聞こえてきた。

ふふっ。ギャン泣きしてる。ママは大変だよね。そろそろお昼寝の時間かな?

前世で平凡に子育てをした経験がある私は、遠い昔のことを思い出して歩いていたのだが……

んっ?　あれって赤ちゃん?

裏道沿いにある空き家の前に、おくるみに包まれた赤ちゃんが置かれている。

この家は空き家のはず……。誰がこんなところに?

私が唖然としている間も赤ちゃんは泣き続けている。

呼吸困難になりそうなほど泣く赤ちゃんを見てしまったら、放ってはおけなかった。しょうがない。とりあえず抱っこしてあげようか。

抱っこをすると、赤ちゃんは不思議そうに私を見て泣きやむ。

ジーッ……。赤ちゃんは、ウルウルした綺麗な青い目で私を見つめてくる。

綺麗なのは目だけではない。キラキラの金髪、すべすべの白い肌に柔らかそうなほっぺ、桃色の小さな唇……

この子は間違いなくベビーモデルになれる！

「えぇー、この赤ちゃん可愛い。天使だわ！」

可愛い子に弱い私は、思わず声を上げた。

でも、誰がこんなところに？　周りをキョロキョロ見回すが誰もいない。

空き家の近くに住む人に声を掛けて聞いてみるが、わからないし困ると言われてしまった。

「お姉さん、その子は孤児院に連れていくしかないね」

「わかりました。とりあえず孤児院に預けてきますので、もし家族が捜しに来たら孤児院に預けたと伝えてください」

「もしそういう人が来たら伝えておくよ」

私は赤ちゃんを抱っこして、孤児院まで歩き出した。

赤ちゃんは泣きやんだ後、静かに抱っこされている。その姿がまた可愛かった。

「ふふっ。抱っこが好きなのねー。早くママが来てくれるといいねー」

赤ちゃんの可愛らしさに癒されるが、久しぶりの抱っこは腕が疲れる。

小さな赤ちゃんの抱っこは、初めの数分は平気だけど、ずっと続けるのはなかなかキツいのだ。

そんな中、歩き続けること約十五分。やっと孤児院が見えてきた。孤児院の入り口らしき場所から声を掛けると、怖そうなおばちゃんが出てくる。

「あの……この赤ちゃん、空き家の入り口に置き去りにされていましたので、孤児院で保護してもらえませんか？」

私がおそるおそる話をすると、おばちゃんは露骨に嫌そうな顔をした。私の顔と赤ちゃんの顔を鋭い目つきで見比べている。

なんか……、すっごく感じ悪くない？

「拾ったって言っておきながら、本当はアンタが産んで育てられないから連れてきたんだろう？若いから育てられないなんて言わずに責任を持ちな！」

「……はい？」

孤児院の職員とは思えない言動に驚き、私は固まってしまった。

「アンタ、貴族の愛人だったんだろ？　子供ができて捨てられたからって、生まれた子供を簡単に手放すなんてことするんじゃないよ！　お貴族様に引き取ってもらえないか頼んでみな！　ここは満員で無理だからね！」

おばちゃんは一方的に話をした後、勢いよく扉を閉めてしまった。

「……」

おばちゃんの態度が酷すぎて、私は絶句した。

孤児院が赤ちゃんの引き取りを拒否した……？　その現実を理解した瞬間、たとえようのない怒りが込み上げてきた。

何なのよ？　あのババア、ムカつく――！

確かに私は人より体の発育が良くて年上に見られるけど、まだ十五歳だ！

誰が貴族の愛人だって？　純粋な乙女心を傷付けたな！

あんなに酷い職員のいる孤児院なんかに赤ちゃんを預けられない。

この子は私が育ててやるわ！

これが後にこの国の王女殿下だと判明する可愛いお姫様との出会いだった。

孤児院の職員にムカついた私は、怒りと悲しみが混ざったようなやるせない気持ちになりながら、女将《おかみ》さんと旦那さんのところに戻ってきた。

ちょうど店はランチの営業を終えて、女将《おかみ》さんはテーブル拭きをしていたのだが……

「リーゼ？　誰かに子守りでも頼まれたのかい？　あら――！　可愛い子だねぇ」

「……拾いました」

「えっ……？」

「道端で拾ったので、とりあえず孤児院に連れていったのですが……」

私は配達の帰りに起こったことを女将《おかみ》さんと旦那さんに打ち明けた。孤児院のババアに言われた言葉も全て。

「……リーゼ、子育ては大変だよ。今はその赤ちゃんが可愛いくて可哀想だから、何とかしてあげたいって気持ちが強いのかもしれないけど、自分の時間はなくなるしお金もかかる。何より、まだ若いリーゼの今後の人生に大きく関わってくるよ？」

女将《おかみ》さんの言う通りだと思った。わかってはいるが、この子はあんなババアがいる孤児院では幸せになれない。

「大変なのはわかっています。でも私はこの子を守りたいんです。お願いします！　ここで子育てすることを許してもらえませんか？」

もう後には引けなかった。

その時、ずっと黙って話を聞いていた旦那さんが口を開く。

「……いいんじゃないか。どっちにしても、孤児院の糞ババアが引き取ってくれなかったんだろ？まだ若いリーゼがそこまで言っているんだ」

「そうだね……。孤児院で引き取ってくれないなら、その子は行くところがないもんねぇ。リーゼ、大変だけど頑張りな。私達も爺ちゃんと婆ちゃん代わりに協力するよ」

「あ、ありがとうございます！」

良かったーとホッとする私だったが、旦那さんが真剣な目を向けてくる。

「リーゼ。その赤ちゃんを連れて、町の白警団に行こう。もしかしたら、本当の親が捜しているかもしれないし、うちで捨て子を保護していると届け出ておいた方がいい。後々、攫《さら》ってきたなんて疑いを持たれる可能性もあるからな」

自警団は港町の警察のような役割を担っている。孤児院のババアにムカつきすぎた私は、そこまで考えていなかった。

旦那さんは親からこの店を継ぐ前はずっとお役所に勤めていたらしく、こんな時はとても頼りになる。

「わかりました。今から行ってきます」

「自警団には知り合いがいるから、俺も一緒に行ってやるよ」

早速、旦那さんと二人で赤ちゃんを連れて自警団に向かう。旦那さんが一緒に来てくれたことで、自警団での対応が違う気がした。

自警団の人に赤ちゃんの特徴や、いつどこで保護したのかなどの聞き取りをされる。

今のところ赤ちゃんを捜している人は自警団に来ていないが、もしそんな人が現れたら知らせてくれることになった。

赤ちゃんを連れて宿屋に帰ると、女将《おかみ》さんがミルクの用意をして待っていてくれた。

女将《おかみ》さんは、赤ちゃんに必要そうなものを準備してくれたのだ。

ありがたいな……。あの時の私はカッとなって、勢いで赤ちゃんを育てるつもりでいたから何も考えていなかった。

赤ちゃんはお腹が空いていたのか、いい飲みっぷりであっという間に哺乳瓶のミルクを飲み干した。

「首が据わっているから三、四か月くらいかな？　寝返りはできる？」

私が呟くと女将《おかみ》さんは驚いたように言った。

「リーゼ、詳しいね。子供が好きだったなんて知らなかったよ」

「偶然知っていただけですよ」

今は小娘だけど、前世では子育てをしていたおばちゃんでしたから……

赤ちゃんが包まれていたおくるみには〝クリスティーナ〟と刺繍が入っていた。

きっとこの赤ちゃんの名前なのだろう。この子はティーナと呼ぶことになった。

おくるみには名前以外にも紋章のような刺繍が入っていて、服もおくるみも高級そうな物に見えた。この子は高貴な生まれなのかもしれない。

もしかしたら前世のファンタジー小説のヒロインのように、大きくなった時、金持ちの貴族が迎えにきたりして。

いつ母親と名乗る人が迎えにくるかわからない。いつ来てもいいようにしっかり育てていこう。

そう思った私は頑張ろうと決めたのだが、子育ては本当に大変だった。

ティーナはまだ夜間にミルクが必要な時期らしく、夜に何度か起こされる日々が続いた。母乳が出ない私はその都度ミルクを作らなければならない。

前世で子育てをしていた時は、当たり前のように母乳が出たから気付かなかった。

母乳が出ないってこんなに大変なことだったのね……

さらに紙オムツがない世界だから、布オムツを手洗いで洗濯するのが面倒だった。

紙オムツを考えた人を心から尊敬するわ……

前世で子育てしていた時よりも今の私は若いし、平民での生活に慣れて体力には自信があったつもりだったのに、育児がこんなにキツいとは思っていなかった。

そんな私が今一番欲しいものは、赤ちゃん用のつなぎの服と抱っこ紐だ。

この世界にはつなぎの服がないようで、質素で地味なワンピースにズボンのスタイルが基本。デザインが可愛くない上に着替えがとても不便だった。

平民の着る服だからそれが普通かもしれないが、うちのティーナは愛らしい天使だから、フリフリの可愛い服を着せてあげたい。

そしてティーナをおんぶして働く私は、太めの紐で支えていたが、やはり抱っこ紐があった方が便利だと気が付いてしまった。

ついでに可愛いオムツカバーも欲しいな。

欲しい物がたくさんありすぎるよ。見よう見真似で作ってみようか。

そう考えて手芸屋さんに材料を買いにいくことにした。

ティーナをおんぶして手芸屋さんに行き、早速布を見せてもらう。

抱っこ紐は便利だが、自分で作るのはなかなか難しそうだ。この世界で材料を揃えるのは無理そうだし、あのプラスチックのバックルなんてあるはずがない。

予定を変更し、前世で昔からあったおんぶ紐にしようかとひらめいた。

あれなら縛るタイプだから、何とかなるかもしれない。

うーむ……。前世の記憶だと、頑丈そうなしっかりした布がいいんだよね。

散々迷った挙げ句、店員さんオススメの丈夫そうな布に決める。それと肩紐に入れる綿と紐とボタンと……、こんなもんかな。

家に帰り、ティーナにミルクを飲ませて寝かしつけた後、すぐにおんぶ紐を作り始める。

ティーナはよく寝てくれる子だったから、こんな時は本当に助かった。

しかし、私はおんぶ紐作りを甘く見ていた。

前世でも今世でも、私は裁縫を熱心にやったことはなかったし、刺繍だけは没落する前に令嬢の嗜《たしな》みとしてやっていたが、ただそれだけ。

型紙を作った方がいいのかなぁ。……こんな感じで裁断すればいいのかな？

後になって気付いたが、買ってきた布は丈夫すぎて、自分の持っていた切れ味の良くないハサミでは切るのが大変だった。

手芸って、こんなに難しくて時間がかかるのね。

はぁー、眠いし疲れたー。

「魔法で勝手にハサミと針が動いて作ってくれたらいいのにな。それっ！　……なんてね」

疲れすぎて寂しく独り言を言ったつもりだった。

その時、カチャカチャと物音が聞こえてきた。

「……えっ、何事？」

それはとてもホラーな状況だった。ハサミが勝手に動き出し、布を切っていたからだ。

「こ、これは……、ポルターガイスト？」

驚いた私は、そのまま固まって見ていることしかできなかった。

ハサミが布を切り終えると、針や糸が動き出して布を縫い始め、綿が詰められ……、気付くと私の想像していたおんぶ紐ができ上がっていた。もちろん、前世で使っていたような高性能な物ではないが、それなりに使えそうに仕上がっていたのだ。

これって魔法？

すっかり忘れていたけどもしかして……、これが〝カジ魔法〟なの？

カジは鍛冶屋じゃなくて家事？

裁縫も家事に入るってこと？

それならば……

「掃除！」

ためしにほうきに向かって言ってみると、ほうきが動き出した。

「あははっ！　これは便利だわ」

ヤングケアラーの私にピッタリの魔法が使えると知って、笑いが止まらなくなった。

次の日、早速、家事魔法で作ったおんぶ紐を使って仕事に行く。

「リーゼ、それはすごいね！　リーゼが作ったのかい？」

「女将《おかみ》さん、これはおんぶ紐っていいます。魔法で作れました」

「へぇ！　おんぶ紐か。それならおんぶも少しは楽そうだね。ティーナもジッとしておんぶされているから、気に入っているようだよ。それにしても魔法で作れるなんて、リーゼはやっぱりすごい子だよ！」

女将《おかみ》さんはおんぶ紐が便利だとすぐに気付いてくれて、私はとても嬉しかった。

「リーゼ。そのおんぶ紐は、すぐに役所に行って商品として登録してきた方がいいな」

話を聞いていた旦那さんの表情がまた真顔になっている。

「えっ、役所で登録ですか？」

「それは便利そうだから、誰かが真似をして金儲けに利用するかもしれない。役所にリーゼの考えた商品として登録しておけば、勝手に真似されないし、リーゼの考えた物として売ることができる」

なるほど……。勝手に盗用されて、商売に利用されるのを防ぐってことね。

確かに前世でも似た法律があったかもしれない。

「わかりました。仕事が落ち着いたら役所に行ってきます」

「俺も一緒に行ってやるよ」

「ありがとうございます！」

旦那さんは頼りになるお父さんだ。あの毒父とは大違い。

元職員の旦那さんが一緒だったからか、役所では書類を提出しておんぶ紐を見せ、登録はスムーズにできた。

この時の旦那さんの判断が、後々大きな収入に繋がることになる。

後日、家事魔法で可愛いつなぎの服とオムツカバーを作りたくなった私は、ティーナをおんぶしてまた手芸屋さんに行くことにした。

手芸屋さんに入ると、店員のおばさんとお姉さんが私のおんぶ紐に興味を示す。

「ねぇ、それすごい便利そうね！　貴女が考えたの？　働くお母さん達が喜びそうな物だわ」

「ええ。自分で作りました」

その時はそんなやり取りだけで終わったと思う。

手芸屋さんでは、柔らかくて肌触りのいい、可愛い模様の布とフリルとリボンに、使いやすそうなお高めのハサミと針、糸を購入した。

子育てはお金がかかるけど、別れ際に乳母が私にくれた金貨がとても役に立っている。金貨一枚は平民にとってかなりの大金だからだ。

ステラは元気にしているかな？　また会う機会があれば、あの時に逃げろと言って大金をくれたことのお礼を伝えたいな……

家事魔法でできた上がったつなぎの服は、女将《おかみ》さんが大絶賛してくれた。

「この服もリーゼが考えたのかい？　オムツを替える時に便利だし、何よりもフリフリとリボンが可愛いよ！　ティーナによく似合ってるねぇ」

「リーゼ、その服も役所に行って登録する方がいいぞ」

女将《おかみ》さんと旦那さんの反応を見る限り、赤ちゃんのつなぎの服は珍しいようだ。

「旦那さん、わかりました。今日の仕事終わりに行ってきます」

ある日、よだれが多くなってきたティーナにスタイを作りたくなった私は、また手芸屋さんに行くことにした。

そこで手芸屋さんの店員から声を掛けられるのだが……

「その赤ちゃんをおんぶする紐みたいな物は、お姉さんが商品登録をしたの？」

わざわざそんなことを聞いてくるなんて、身近なこの店で私の作ったおんぶ紐をパクって売ろうとでもしたのだろうか？

「ええ。勝手に真似をされて、金儲けされることがあるから登録した方がいいと言われましたので、一応登録しておきました」

店員さんの目が一瞬だけ泳いだ瞬間を私は見逃さなかった。

その様子から、十代の大したことなさそうな平民小娘が作った物だから、簡単に盗用して売れると思って行動したものの、すでに役所には私の商品として登録されており、販売許可が下りなかったのだろうと推測できる。

「そ、そうだったのね」

「ええ。お役所で働いていた方が身近にいますので、そういったことにとても敏感なんです」

「そう……」

私の牽制が伝わったのか、店員さんからそれ以上は聞かれなかった。

その日は柔らかそうな布とレースとリボンを買って、フリフリのスタイを作るためにさっさと家に帰った。

ティーナは、ギャン泣きさえしなければ天使だから、フリフリが似合うのよねー。

最近は前よりも表情が豊かになってきたし、私を家族と認識して目で追う姿とか、キュンキュンしちゃう。


それから数日後、ランチの営業時間が終わる頃に、あの手芸屋さんを経営している商会の会長と名乗るおじさんが店にやって来た。

私のおんぶ紐の話を従業員から聞き、調べたらこの店で働いているとわかってわざわざ来てくれたらしいのだが……

「お嬢さん。そのおんぶ紐なんだが、ぜひうちの商会で売り出したい。どうか、そのおんぶ紐の商品登録の権利を我が商会に売ってくれないか？」

このおんぶ紐は、商人が金儲けに使えると判断したようだ。

「旦那さん、この権利って売れるものなのでしょうか？」

「ああ。リーゼの名前で登録されているのを名義変更できるからな。商会の名前に変えれば、商会で売ることができるな」

なるほど……。ティーナの育児のためにお金はたくさん欲しいけど、ここは冷静になって考えた方が良さそうだわ。

「商会長さん、おんぶ紐の権利をいくらで買いたいのですか？」

「金貨十枚でどうだ？」

私が平民の小娘だからって馬鹿にしていない？

これからたくさん売ることを考えたら、もっと払ってくれてもいいはずなのに。

「金貨十枚ですか？　確認のために聞きたいのですが、このおんぶ紐を商会で売るとしたら、原価にいくらかけて、大体どれくらいの値段で売るつもりですか？」

「そこまでは決めていないな」

まさか私からそんな質問をされるとは思っていなかったようで、商会長は言葉を詰まらせた。

「金貨十枚の価値しかない、大した売り上げが見込めないおんぶ紐の権利を買うためだけに、わざわざ商会長さんがいらしてくださったのですね？」

「……じゃあ、金貨三十枚ではどうだ？」

一気に三倍の金額を提示するなんて、商会長さんはおんぶ紐がずいぶん儲かると見込んでいるようだ。

「うーん……、どうしましょうか？」

「うちが出せるのはここまでだな。それ以上の金額を望むならこの話はなかったことにしたい」

商人らしく駆け引きをしているらしい。

「わかりました。では、この話はなかったことにしてください」

金貨三十枚で売るくらいなら家事魔法でちゃっちゃと作って、直接自分で売った方が儲かる気がした。

「……金貨三十枚だぞ？」

「ええ。この話はなかったことにしてもらって大丈夫です」

「しかし、金貨三十枚は子供を育てる資金になるだろう？」

ふふっ……。商会長さんがここまで粘るくらい、このおんぶ紐を商会で売りたいのね。

「商会長さん。私からの提案ですが、おんぶ紐を商会で作って売ることを認めますので、おんぶ紐の売り上げの一割を私にお支払いいただけませんか？　それならば、金貨三十枚を私にお支払いしていただくよりも売り上げが少なかった場合、商会で損をする額が少なくなると思います」

「そうきたか……」

「旦那さん、こういう取引はこの国では認められていますか？」

商会長さんに言ってみたけれど、この取引が違法行為にならないのかが不安になり、旦那さんに尋ねる。

「販売許可を得ているリーゼが、商会に商品の製作と販売を委託するのだから問題ないだろう。だが、きちんと契約書を交わした方がいいな」

旦那さんから問題がないと聞いて私は安堵した。

しかし、売り上げの一割って思わず言ってしまったけど、普通ならどれくらいもらっていいものなのかな？　商売に関しては素人だから、相場がわからないわ。

私が考え込んでいると、商会長さんが口を開く。

「わかった……お嬢さんには負けたよ！　こんな若いのに大したもんだ。売り上げの一割をお嬢さんに支払うってことで、うちの商会と契約してほしい」

やったわ！　ちょっと図々しい提案をしてしまったけど、言ってみて良かった。

後日、契約書を交わす日に旦那さんは知り合いの弁護士を呼んで、契約に不利がないかの確認をしてもらえることになった。旦那さんは顔が広くて、本当に頼りになる。

その後、ティーナの着ていたフリフリのつなぎの服が商会の従業員達の目に留まり、つなぎの服も作って売りたいと話がきた。

おんぶ紐とつなぎの服を商会で売り出した結果、かなりの数が売れて商会は大儲けだったらしい。

おんぶ紐は平民のママと貴族の乳母に好評だったが、それより儲かったのは貴族向けの高級なフリフリのつなぎの服だった。

おんぶ紐は一つか二つあればいいが、つなぎの服は違う。赤ちゃんはすぐ服を汚すから何着かまとめて購入する人が多い。さらに赤ちゃんはすぐに成長して着られなくなるので、大きいサイズをまたリピートして買ってくれる。その結果、かなりの枚数を売り上げたと聞いた。

貴族向けに高級品として売っていたつなぎの服は単価が高いので、その分、私に入ってくる額も多く、驚くほどの額となった。

商会長さんは、商会の売り上げが大きく伸びたと大喜びしていて、また何かいい物を思いついたら教えてほしいとまで言ってくれる。

そこで次に前世で娘に着せていたウサギの着ぐるみの服も魔法で作ってみた。

寒い日に着せたいと思って作ったのだが、女将《おかみ》さんや商会の従業員達からも大好評で、早速商会からウサギとクマの着ぐるみを販売することになり、大当たりした。

ウサギの着ぐるみを着たティーナも最高に可愛くて、いろいろな人から声を掛けてもらえた。

気付くとベビー服の収入がすごいことになっていて、私はちょっとした小金持ちになった。

ティーナもすくすくと育ち、仕事中に静かにおんぶされている時期が終わりつつあった。自分でハイハイしたり、いろいろな物に手を伸ばしたりと動くことが楽しいらしい。

さらに、順調に成長するティーナは少し重くなってきた。長時間のおんぶもキツくなり始めている。

どうしようか……？

お金に余裕ができたし、私の仕事の間だけティーナの子守をしてくれる人を雇おうかな？

早速、女将《おかみ》さんに相談する。

「リーゼ、そこまでしてうちの仕事は続けなくていいんだよ。今はリーゼの収入がたくさんあるんだから、ティーナを優先してあげな。ティーナはすぐに大きくなるから、手が離れたらまたここの仕事に戻ってきてくれればいいよ」

宿屋の仕事が好きだったから、何だか寂しい。

でも、女将《おかみ》さん達が私を気遣ってくれるのはありがたく感じた。私は実の両親には恵まれなかったが、この二人に出会えたことだけは幸せだと思っている。

「女将《おかみ》さん、ありがとうございます。でも、忙しい時は声を掛けてくださいね」

「もちろんだよ。火おこしとか、ティーナの散歩のついでに弁当の配達くらいは頼むかもしれないね。その時は頼んだよ」

「はい！　こちらこそよろしくお願いします」


ティーナとの時間が増え、女将《おかみ》さん達の店の近くに自分の家が欲しくなった。

ティーナはハイハイして動き回るようになっていたので、好きなだけできる広い土足厳禁の部屋が欲しくなったことと、お金があるうちに自分の家を買っておきたいと思ったからだ。

それに私がこの部屋を空けてあげないと、私のように住み込みで働きたい人を雇えなくなってしまう。そのこともあり女将《おかみ》さん達の家の部屋を借り続けるのは申し訳なかった。

女将《おかみ》さん達はずっとここにいて構わないと言ってくれる。

しかし、ティーナが大きくなった時にティーナの部屋が必要になることや、私の老後のためにお金に余裕があるうちに自分の家が欲しいのだと伝えたら、旦那さんが不動産関係の仕事をしている友人に、いい物件がないかを聞いてくれることになった。

紹介してもらった結果、旦那さんや女将《おかみ》さんの店から徒歩二分くらいにある赤い屋根の可愛らしい家を買った。

今はおばちゃんが一人で住んでいるが、遠方に住む子供の家に引っ越すので売り払いたいらしい。

元々はファミリー向けの物件で部屋もいくつかあり、キッチンやダイニングも広めで使いやすそうだったので、私はすぐに気に入った。

近所の人達は女将《おかみ》さんの知り合いが多く、私自身も顔見知りだったから引っ越しするのに何の問題もなかった。

「ティーナ、今日からここが私達のお家よ。ティーナがたくさんハイハイができるようにしてもらったからね」

「うー！」

新しい家を見て機嫌よく声を上げるティーナ。最近は、話しかけるとよく笑ってくれる。町の人からも可愛いって声を掛けられることが多い。

ティーナが微笑むとみんなが喜んでくれる。やっぱりうちのティーナは天使だわ！

ダイニングには厚めのカーペットを二重に敷き、旦那さんの知り合いの大工さんに作ってもらったベビーサークルを設置した。ベビーサークルは、ダイニングの半分を占めるくらい大きな物で、私が家事をしたり食事や入浴をする間、ティーナにはそこで過ごしていてもらおうと思ったのだ。

しかし、うちのお姫様は抱っこ大好き人間。私の姿が見えなくなったことに気付くと、大声を上げて私を呼ぶ。まるで〝一人にしないで。早く戻ってきて、私を抱っこしてちょうだい〟とでも言っているかのように……

「うー、あー！」

その声が聞こえると私は大声で叫ぶ。

「ティーナ、少し待っててねー」

「あー！　きゃー！」

ティーナは機嫌が悪くなると甲高い声で叫ぶのでとてもわかりやすかった。

家事魔法が使えるから何とかやっていたが、一人での育児は気が張って大変だ。

けれどティーナの笑った顔やスヤスヤと眠る顔、抱っこした時に私の服を小さな手でしっかり握りしめる動作は可愛くて癒されることがたくさんあった。この子の幸せのために頑張ろうという気持ちになれた。

自分だけの時間はなく、ゆっくりと休むこともできない毎日だが、ティーナを引き取って後悔したことは一度もない。


育児の合間に新しいベビーグッズを考える日々を送っていたら、ティーナは四歳くらいになっていた。お姫様ごっこが大好きな可愛い女の子で、おしゃべりが大好きなおませさんに成長した。

「お姉ちゃん、今日もお母さんは来なかったね」

「そうだね。でも、お姉ちゃんと一緒にお母さんを待っていようね」

「うん！　早く会いたいなぁ。みんなお母さんがいるから、ティーナもお母さんに会いたいの」

近所の子供達が当然のようにお母さんがいると知ったティーナは、自分にはどうしてお母さんがいないのか疑問を持つようになっていた。そのことを聞かれる度に、私の胸はズキズキと痛む。

「お姉ちゃんもティーナのお母さんに会いたいから、一人で待っていようね。ティーナ、明日はティーナの大好きなクッキーを焼こうか？」

「本当？　約束だよ！」

「うん。この後、材料のお買い物に行こうね！」

ティーナを保護した時にまだ十五歳だった私は、ティーナに自分を〝お母さん〟とか〝おばちゃん〟と呼ばせることに非常に抵抗があり、無難に〝お姉ちゃん〟と呼ばせた。

いつか本当のお母さんが迎えに来た時、前世のドラマや映画の話みたいに、知らないおばさん扱いしたら嫌だし、『アンタは私のお母さんじゃない！』とか言い出したら困るから、私はティーナのお姉ちゃんという立場に徹することにしたのだ。

それに、ティーナが〝お母さん〟って呼ぶのは、ティーナの本当のお母さんのためにとっておきたかった。子供が母親を〝お母さん〟って呼ぶことは、当たり前のようで実は特別なことだと思うからだ。

ティーナを保護した時、肌触りのよい上質な服を着ておくるみには名前が刺繍されていた。その刺繍は、ティーナのお母さんが愛情を込めて刺した物のように見えたので、ここに来る前はとても大切にされていたのではないかと思っている。

だから、いつかティーナの本当のお母さんが迎えに来ると信じて待っていたい。

その時にティーナから〝お母さん〟って呼んでほしい。

お母さんに会いたがっているティーナには子供騙しだが、お母さんは遠くに出掛けているから、いつかお母さんが戻るまでは私と一緒にここで待っていようねと話をしている。

まだ小さいからそれで納得しているが、大きくなるにつれて段々と誤魔化せなくなってくるだろう。今から憂鬱な気持ちになってしまう。

もう少し大きくなったら置き去りにされていたことを正直に打ち明けるつもりだ。

子育ては本当に難しいな……


ある日、ティーナから誕生日について聞かれた私は焦った。

「お姉ちゃん、私の誕生会はしないの？　私もエマちゃんみたいに誕生日をお祝いしたいわ！」

明るく社交的なティーナは近所の子供達とも仲が良く、お友達から家族と誕生日をお祝いした話を聞いたらしい。

この国では平民で誕生日を祝うことは滅多になく、祝うのは裕福な家だけだと聞いていた。

捨て子だったティーナの誕生日がわからず、今まではお祝いしていなかったが、ティーナから誕生日の話をされて、とても後悔した。

子供にとって誕生日は特別な日だよね……

前世で子持ちのおばちゃんだった頃は普通に娘の誕生日はお祝いしていたが、自分の誕生日は何もしていなかった。大人になってからはまた今年も誕生日がきてしまったーって感覚だったから。

そんな私だって子供の頃は自分の誕生日が純粋に嬉しかったのに、どうして忘れていたのだろう？

「ティーナの誕生日はまだ少し先になるから、ちょっとだけ待っていてね。女将《おかみ》さんや旦那さんと一緒にお祝いしよう！」

「やったぁ！　早くやりたいなぁ」

後日、ティーナに内緒で女将《おかみ》さんと旦那さんに相談した結果、ティーナを拾った日の三か月前の日を仮の誕生日にすることになった。

そしてお誕生会の日、ティーナの大好きな食べ物とプレゼントとケーキを用意してお祝いした。

「ティーナ、お誕生日おめでとう！　これはお姉ちゃんからティーナにプレゼントだよ」

「お姉ちゃん、ありがとう！」

「ティーナ、これは私達からだよ！　お誕生日おめでとう」

「わー！　女将《おかみ》さん、旦那さん、どうもありがとー」

ティーナは、お誕生日が楽しみで昨夜はなかなか寝付けなかったようだ。それにもかかわらず、今日はお誕生日だからと張り切って早起きをした。それくらいティーナにとって特別な日らしい。

女将《おかみ》さんと旦那さんはウサギのぬいぐるみを、私からはぬいぐるみの服をプレゼントした。

喜びすぎて疲れてしまったティーナは、食事をした後にぬいぐるみを持ったまま眠ってしまった。

「リーゼ、ティーナが喜んでくれて良かったね」

寝てしまったティーナを寝室に運んだ後、私達はお茶を飲んでいる。誕生日会が無事に終わってホッとしていた。

「はい。女将《おかみ》さん、旦那さん、今日はありがとうございました」

「私達も楽しかったよ。ここまで喜んでくれるんだから、また来年もお祝いできるといいね」

「そうですね。またよろしくお願いします」

いつまで一緒にいられるのかはわからないけど、ティーナが喜んでくれる間はずっとお祝いしてあげよう。

商会で売っているベビー服などの売り上げは相変わらず好調らしく、毎月結構な額の収入がある。

これは商会長さんの手腕によるものだと思う。

商会は他国にベビー用品の専門店を出店しており、かなり勢いに乗っているのだ。

小金持ちになった私は、家事魔法で少しだけ豪華なディナーを作って食べることが毎日の楽しみになっていた。

家事魔法は本当に便利で、食材や調理器具があれば自分が想像した料理がすぐにでき上がる。

煮込み料理は短時間で食材が柔らかく仕上がるし、焼き物は焼き加減バッチリに仕上がるのだ。

ティーナは包丁やフライパン、食材などが勝手に動いている様子を見るのが面白いらしく、ジーッと見つめている。

私からしたら、ポルターガイストにしか見えないのだけど……

ちょっぴり豪華なディナーは、ティーリに簡単なテーブルマナーを教えるのにちょうど良かった。

フルコースの料理ほどではないが、ナイフとフォークの使い方、スープの飲み方くらいは身につけられる。

ティーナは見れば見るほど気品あふれる容姿で、高貴な血を引いているようにしか見えない。いつか本当の家に帰る時に恥をかかないよう、最低限のマナーは身につけさせておきたい。

見た目が天使のようなティーナに私は気合いを入れすぎて、可愛いフリフリの服を着せ、髪型は編み込みにしてリボンまで着けてしまう。

前世で娘を育てたスキルがここで役に立つとは思っていなかった。ティーナ自身も女の子らしい服が大好きで、喜んで着てくれるから嬉しい。

近所の大人達は、そんなティーナをお姫様と呼んでいる。

「リーゼ、お姫様は可愛いから絶対に一人で歩かせてはダメだよ！　この子は可愛さのあまり人攫《ひとさら》いに遭う危険があるからね。私達もよく見ているようにはするけど、気を付けるんだよ」

近所のおじさん、おばさん達に、そんな言葉を掛けられることが多くなっていた。ご近所さんは、みんなまともでいい人ばかりだったから助かった。

「はい。いつも心配してくれてありがとうございます」

もちろん、こんな小さなティーナを一人で家の外に出さない。

この世界では、子供が小さな年から野放しにされて町中を自由に遊んでいる姿をよく見るが、前世日本人の私からすれば、幼稚園児くらいの子を一人で外で遊ばせるなんて恐怖でしかなかった。

ティーナとは、外には一人で行かない、知らない人にはついていかないと約束をしている。きちんと守ってくれる子だったから心配不要だ。

小さなお姫様のティーナは本を読んだり字を書いたりすることにも興味を持ってくれたので、教育ママになりきって読み書きを熱心に教えた。

ティーナは優秀な頭脳を持っているようで、あっという間に覚えてしまった。

文字を覚えた後はお手紙を書くのが好きになり、女将《おかみ》さんや旦那さんに手紙を書いて届けたり、簡単な絵本を私に読んでくれた。

遊びの中でも大好きなのは、私が家事魔法で作ったドレスを着てお姫様ごっこをすること。

商会長さんが質の良い高価な布のサンプルをたくさんくれるので、家事魔法を使ってティーナ好みの可愛いドレスを簡単に作ることができる。

せっかくなので、カーテシーや歩き方、椅子の座り方、上品なお茶の飲み方に言葉遣いなど、お姫様ごっこ遊びの中に取り入れながら教えることにした。

私が没落する前、毒親がお金を掛けて学ばせてくれたことが今頃になって役に立っている。そう思うと何だか複雑だった。

二人で忙しくも楽しい日々を送っていたら、ティーナを育て始めて五年が経っていた。

第二章　騎士のお迎えとオルダー伯爵家

五歳くらいになったティーナは美しい天使に成長していた。

輝くような金髪に澄んだ青い目が印象的な美少女のティーナは、町中を歩くと道行く人みんなが振り返るほどだ。

私はそんな天使のティーナに可愛い服を作ることが生き甲斐になっていた。

商会長さんがサンプルでくれる高級な布を使用して、リボンやフリルのたくさんついた服を作ることが楽しくて仕方がない。

ティーナは私の作った服をいつも気に入ってくれるので、それがとても嬉しかった。


ある日、宿屋の旦那さんと自警団のおじさんがやってきた。

「リーゼ、自警団に人を捜していると問い合わせがあった。赤ちゃんの時に攫《さら》われてしまった女の子らしいが、その女の子の髪色と目の色がティーナと同じらしい。赤ちゃんがいなくなった時期と年齢もティーナと一致する」

自警団のおじさんが私を訪ねてきた時点でそんな話をされる気がした。だから私は驚かない。

「そうですか……。いつかそんな日が来るのではと思っていました。ティーナをお捜しなのは、どちらの方ですか？」

旦那さんと一緒に来てくれた自警団のおじさんに尋ねると、言いにくそうな表情をされる。

「お嬢さん、私達は何も言えないことになっているんだ。ただ、高貴な身分の方とだけ伝えておくよ」

やっぱり……。ここまで容姿が整っていて、何を教えても物覚えが良くて優秀だったから、高貴な血筋なのではとずっと思っていた。

ティーナのこの可愛さは普通じゃないもの。

その数日後には、ティーナの家族かもしれない人が面会に来ることに決まった。

「お姉ちゃん。私のお母さんはいつ来るの？」

ティーナはその面会が楽しみのようで、何度も何度も聞いてくる。ずっと会いたいと願っていたお母さんに会えるかもしれないという期待で、胸が膨らんでいるようだ。

「まだお母さんなのかわからないけど、その人もティーナくらいの歳の女の子を捜しているみたいよ。会ってみないとわからないの」

「そっかー。お母さんだといいなぁ」

……はっ！　もしティーナのお母さんじゃなかったら、落ち込んでしまうかもしれない。

余計なことは言わずに、ただお客様が来るとだけ言えばよかった。子供に大切な話をするタイミングは難しい。

そして面会の日を迎えた。

私はティーナがさらに可愛く見えるように、恥をかかないようにと、いつも以上に気合いを入れて可愛いワンピースを着させて凝った髪型にリボンも着け、面会にくる人を待っていた。

うちのティーナがこの世で一番可愛いわーと仕上がりに満足していると、外がガヤガヤしていることに気付く。

訪れたのは貴族のおじ様やおば様、執事のような人ではなく、白の騎士服を着た集団だった。

ティーナは騎士の家門の御令嬢だったの？

違う！　確か白の騎士服は……、近衛騎士だ！

——ティーナは王族なの？

私は近衛騎士に驚いたが、ティーナはお母さんが来てくれるかもと期待していたので、ガッカリしてしまった。

玄関前には、近衛騎士と思わしき煌びやかな騎士が十人程ズラッと並んでいる。

これは外国人モデルが勢揃いしたような光景だわ……

平民生活に慣れすぎた私は、長身で美形揃いのこの集団を前にして少しビビってしまった。

ティーナと同じキラキラ金髪のイケメン騎士様が私達に挨拶をしてくれた後、家の中で話をすることになった。

しかし、ティーナは近衛騎士の代表二人が家の中に入ってきたことをとても警戒し、無口になってしまった。

近衛騎士は私がティーナを保護した日のことの聞き取りをした後、ティーナに優しく話しかける。

「お嬢さん、お名前は？」

「……」

イケメンを警戒しているのか、いつもは社交的なティーナが無言だ。

「少し緊張しているようですわ。ティーナ、騎士様にお名前を教えてあげましょうね」

ティーナは私に促されてしぶしぶ口を開く。

「……私の名前はクリスティーナです」

クリスティーナと言った瞬間、騎士様の表情が変わる。

「クリスティーナですか……」

「ええ。保護した時に包まれていたおくるみに、〝クリスティーナ〟と刺繍が入っておりましたので、それがお名前なのかと思いまして。こちらがその時に身につけられていた服とおくるみです」

こんな日が来ると考え、赤ちゃんのティーナが着ていた服とおくるみを大切に保管していた。

「これは一度持ち帰って確認してもよろしいですか？」

「もちろんですわ」

騎士様はその後もティーナにいろいろ話しかけて帰った。

騎士様が帰った後、ティーナはお母さんが来てくれなかったと落ち込んでしまい、ご機嫌取りが大変だった。

しかしその翌日、アポなしでまた近衛騎士達がやってきた。

「このお方がクリスティーナ王女殿下だと判明しましたので、このまま王宮にお連れします」

「今からですか？」

昨日も来たキラキラ金髪の近衛騎士から急なことを言われ、私もティーナも驚いて動きが止まる。

「はい。国王陛下と王妃殿下からの命令でございます」

やはりティーナは王女殿下だったのね……

国王陛下と王妃殿下が待っているなら、すぐに送り出してあげなくてはならない。

これほど急なお別れになるなんて寂しいが、これは命令だから仕方がない。自分自身に言い聞かせ、何とか平静を装う。

しかしティーナは納得していないようだった。

「騎士様、ティーナのお母さんはどこですか？　私はお母さんに会いたいの。お母さんに迎えにきてもらいたいわ」

昨日は近衛騎士達を警戒して黙っていたのに、今日は顔を合わせるのが二度目だからか、ハッキリと自分のお母さんに迎えにきてもらいたいと話をしている。

体の大きな近衛騎士達を前にして、小さなティーナが怯まずに自分の考えを伝える様子に驚いたが、同時に確信したのは、こんなに強い子であれば王宮に行っても大丈夫だろうということだった。

私が今できるのは、ティーナが安心して旅立てるようにすることだわ……

「騎士様。王女殿下をお連れする前に、王女殿下が納得できる説明をしていただけませんか？　そうすれば、見知らぬ場所に向かわれる王女殿下の不安が払拭され、お気持ちが楽になられると存じます」

私の話を聞いたキラキラ金髪の近衛騎士様は少し考えた後、口を開く。

「……わかりました。重要な話になりますので人払いをさせていただきます」

ドアを閉めた家の中で、近衛騎士様は神妙な面持ちで語り始める。

「クリスティーナ王女殿下は、国王陛下の妹君でラリーア国の王太子妃であられたマーガレット様の御息女です。ラリーア国でクーデターが起きた後、クリスティーナ王女殿下と侍女が行方不明になられ、我が国の国王陛下と王妃殿下はずっとお捜しになっておりました」

想像以上に重い話で衝撃を受けてしまう。

しかしティーナは話が難しいのか、キョトンとしている。

「……ラリーア国？　どこにあるの？」

「船で何日もかかるほど遠くにある大きな島国です。ラリーア国を中心に捜しましたが、手がかりが掴めず、その後はずっと国内を捜していました。この港町で王女殿下が見つかったと考えると、王女殿下だけでも帰国させたいと考えた侍女が、船の乗船客に王女殿下を託して船に乗せてもらったのかもしれませんね。乳飲み子を連れた旅人にでも金目の物を渡して頼んだのではないかと思っています」

クーデターが起き、追手から逃げるために船に乗りたかったが、船に空きがなくて侍女は乗船できなかったのか、それとも追手をまくために乗ることをやめたのか……。どちらにしてもティーナのお母様や侍女は命懸けでティーナを守ろうとしたのだろう。

「お母さんは？　お母さんはラリーア国から帰っているの？」

まだ約五歳のティーナにこの話は難しすぎたようで、質問をぶつけられた騎士様は苦痛に表情を歪める。

その表情から、ティーナのお母様はすでにお亡くなりであると悟った。

「残念ながら……、王女殿下の産みのお母様はお帰りにはなられませんでした。しかし、王女殿下にはもう一人お母様がいます！　それは我が国の王妃殿下です。王妃殿下は王女殿下が王宮に来ることをとても楽しみにされて、可愛い部屋にお人形やドレスをたくさん用意して待っていてくださっているのです。王女殿下にはお母様だけでなくお父様とお兄様もいて、みんなが王女殿下をお待ちしています。王女殿下が王宮に来られたら、みんなで食事をしたりお茶をしたいと話していました。きっと楽しいですよ」

「すごい！　ティーナにはお母さんのほかに、お父さんとお兄さんがいるの？　知らなかったー！」

悲しい真実を知り、暗く重苦しい雰囲気になってどうしようかと思っていたけれど、この騎士様はすごい！

騎士様はティーナが悲しまないように上手く話をしてくれただけでなく、王宮に興味が持てるように話題を振ってくれている。この騎士様になら王宮に向かうティーナを託せると思った。

「私、お母さんとお父さんとお兄さんに会いたいな！」

ティーナのその言葉を聞いた騎士様が安堵の表情を浮かべた。

王宮行きを納得してくれて良かった。きっと亡くなったティーナのお母様も喜んでくれるはずだ。

「騎士様。今から出発の準備をいたしますので、少しだけお待ちいただけませんか？　二人でお別れする時間もいただきたく思います」

「わかりました。私達は外で待っております」

騎士様が家の外に出ていった後、私達は急いでティーナの部屋に行く。

「ティーナ、どの服が着たい？　お出かけ用のワンピースの中から好きな服を選んでいいわよ」

「これがいいわ！」

ティーナが迷わず指を差したのは、フリルとリボンがたくさんついたお気に入りのピンクのワンピースだった。

ティーナは、私が家事魔法で作った服をいつも喜んで着てくれた。

でも、王宮に行けば王室お抱えのデザイナーやテイラーが素敵なドレスを作ってくれるだろうから、前世で専業主婦のおばちゃんだった私の趣味が色濃く出たデザインの服を着ることはもうないだろう。私の役割はもう終わりだ。

「ティーナ……、いつも私が作った服を着てくれてありがとう。可愛いティーナには、ついフリフリやリボンの多い服ばかり作ってしまったけど、いつも喜んで着てくれたから、お姉ちゃんは嬉しかったよ……っ」

気を緩めると涙が流れてしまいそうだ。

「お姉ちゃんの作った服は可愛いから大好きなの！　またフリフリとリボンのたくさんついた服を作ってね！」

「……そうだね」

お気に入りの服に着替えて、髪も可愛く結い直したティーナはご機嫌だった。

「お姉ちゃん。私、お母さんに会えるんだよね？　楽しみだなぁ！」

「ええ。これからはお母様と一緒に生活するの。ティーナ、これからはお母様の言うことを聞いて頑張るのよ。私は大好きなティーナの幸せを祈っているからね。王女殿下になるのですから、言葉遣いはお姫様ごっこの時に話していた丁寧な言葉遣いにしましょう。……これからは王女殿下とお呼びしますね」

「はい！　わかりました」

嬉しそうに微笑むティーナは今日も天使だった。

この可愛い天使と過ごした日々は、絶対に忘れないよ……

その後、キラキラ金髪のイケメン騎士に馬車に乗せられたティーナは、静かに旅立っていった。

◇　◇　◇

ティーナが王都に旅立った後、時間を持て余した私は女将《おかみ》さんと旦那さんの店でまた手伝いを始めた。

「リーゼ、ティーナがいなくなって寂しいかもしれないけれど、これからは自分の幸せを第一に考えてやっていきな。リーゼをお嫁さんにしたいって、いろいろな家から声がかかっているんだ。まだ若いんだから、恋人でも作ってデートでもしてきな」

さすが女将《おかみ》さんだと思った。女性は気持ちの切り替えが早い。

「そうですね。いい人がいれば考えたいとは思っていますが、今はのんびりしたいです」

「八百屋の息子と花屋の息子に、肉屋の息子と自警団の若いのもいたね。リーゼはどの人がいい？　ほかにもたくさんいるよ」

ティーナがいなくなった途端、私はなぜかモテ期を迎えている。仕事中もデートや食事に誘われることが多くなったけれど、面倒でしかなかった。

商店街の跡取り息子達か……

買い物に行くと荷物を運んでくれたり、たくさんオマケをしてくれたりしていい人達だとは思う。しかし生活に困っていない上、前世で結婚も出産も経験している私としては、結婚に対しての夢がなかった。気楽な独身のままでいいと思っている。

「リーゼ、無理しなくていいんだ。アイツらにリーゼはもったいない。まだ若いんだから、焦ってもいいことはないぞ」

「はい。旦那さんが認めてくれそうな人が現れるまで待っています」

日中は女将《おかみ》さん達と話をしたり、宿屋と食堂の手伝いをしていたので何の不便もなかった。

しかし、夜になると孤独のようなものが私を襲ってくる。

ティーナの居ない家は静かで、無駄に広く感じ、何よりも一人で食べる食事は全然美味しくない。

ティーナがいた頃は体のために栄養を考えて食事を用意していたのに、今は自分一人だから前ほど気にしなくなってしまった。

私はティーナがいたから何でも頑張れたのね……

夕飯の買い物に市場に行った時のことだ。

「リーゼ、今日は赤身の良い肉が入ってるよ！　安くするから買わないか？」

肉屋の息子に赤身の肉を薦められた私が咄嗟に口にしたのは、

「ティーナ、今日はハンバーグに……あっ！」

いつも左手で買い物のカゴを持ち、右手でティーナと手を繋いでいた私は、ティーナがいた右手の方に向かって話しかけていた。

ティーナはハンバーグが大好きだったからやっちゃったな。恥ずかしい……

「ご、ごめんなさい！　今日はお肉って気分じゃなかったみたい。また来ます」

「ああ……、またな」

また別の日、私は寝坊してしまった。

「ティーナ、ごめん！　今すぐ朝ごはんの用意するね……って、もう居なかったね……」

今の私は、子供が成長して巣立って寂しくなってしまった空の巣症候群にでもなっているみたいだった。

ワンコでも飼おうかな？


ある日、商会長さんが会いにきた。

「来月、パース国にある支店を視察するんだが、リーゼも一緒に行かないか？　宿屋の旦那と女将《おかみ》には許可は取ってきた。私のほかに従業員が数人一緒に行くし、他国でリーゼの考えた商品が売っているところを見にいくのも楽しいと思うんだ。この町の港から船に乗っていくし、ちょっとした旅行だと思ってくれればいい。ティーナがいなくなって抜け殻みたいになっているようだから、従業員達と一緒に連れていってやるよ」

旅行なんて、この世界に生まれて初めて言われた言葉だった。

家で一人、ボーッとしているくらいなら行ってみてもいいかもしれない。

「いいのですか？　ぜひ連れていってください」

「わかった。船のチケットは私が手配するし、旅費は要らないから、着替えだけ持ってこい。大体一か月近くかかる予定だ。大きな旅行カバンは私が買ってやるからな」

商会長さんは儲かっているからなのか、とても太っ腹だった。でも、そんなところが親しみやすい人だ。宿屋の旦那さんが私のお父さんだとすると、商会長さんは親戚のおじさんみたいな存在になっていた。

「はい。ありがとうございます！」

商会長さんは、私の出国に必要な身分証の手配や旅行に必要なカバンに服、靴など、申し訳ないくらいにいろいろ用意してくれた。

商会長さんの奥さんは、儲けさせてもらっているから、これくらい当然だと言ってくれたので、ありがたく受け取ることにした。

船の旅は少しだけ船酔いしてしまって寝ていることが多かったが、無事にパース国に着いた時は嬉しかった。

現地で商会の店を見て回ったり、買い物をしたりして時間が過ぎていった。

パース国は芸術と美食の国らしく、お洒落な服や食べ物がたくさんあって見ているだけでも楽しい。しかし、可愛い服やスイーツを見るたびに思い出すのはティーナのことだった。

こういう服はティーナが好きそうだとか、このスイーツは喜んで食べてくれそうだとか。約五年間、ティーナが中心の生活をしていたから、私は無意識にティーナのことを考える癖がついてしまったようだ。

ティーナは新しい場所で頑張っているんだから、私も前に進まないとダメね……

その後、隣のルギー国に移動して美味しいものを食べてたくさんの買い物をし、綺麗な街並みを見て満足した私は、約一か月後に帰国した。

女将《おかみ》さんと旦那さん、私の家のご近所さん達にたくさんのお土産を買い、機嫌良く家に帰ってきて、早速、家中の窓を開けて空気の入れ替えをしていた。

旅行は楽しかったけど、やっぱり自分の家が一番ね。

ティーナがいなくなって寂しいけど、気持ちを切り替えてこれからも頑張ろう！

そんな風に考えていると、近所のおばさんが来てくれた。

「おばさん、留守中はありがとうございました。これはおばさんにお土産です。どうぞ！」

「リーゼ、お土産はありがたいんだけど、アンタの留守中、大変だったんだよ！」

おばさんはいつもニコニコしている人なのに、今日は真剣な表情で普段とは違う雰囲気だった。

「何かあったのですか？」

「ティーナを連れていった男前の騎士達が、何度もリーゼを訪ねてきたんだよ！」

ティーナに何かあった？　それ以外で近衛騎士が訪ねてくる理由が思い浮かばなかった。

「おばさん、あの白い騎士服の騎士ですか？」

「そうだよ！　何度も訪ねてきてどこに行ったのか、いつ帰ってくるのかとか、やたら細かく聞いてきたのさ。私達はリーゼが船で旅に出たってことしか知らなかったから、詳しく話もできなかった。あの感じだとまた来ると思う。気を付けな！」

気を付けなと言われても相手は近衛騎士。平民の私には太刀打ちできない。来る理由がわからないから、恐ろしさしかなかった。

ティーナに何もなければいいけど……


そして、翌日の午前中にそのキラキラした集団はやって来た。

今日は五人で来たのね。

掃除を終えてお茶を飲んでいると外が騒がしくなり、玄関のドアがノックされた。嫌な予感がしながらもドアを開けると、前にティーナを迎えに来た偉そうなキラキラ金髪のイケメン騎士がいたのだ。

私としてはあまり家に入れたくないから玄関先で対応したかったが、話がしたいので中に入れてほしいと言われてしまった。今日も騎士二人が私の家に入るらしい。

「今日はどのようなご用件でしょうか？」

おそるおそる尋ねると、騎士様は胡散臭い笑顔を向けてくる。

「お嬢さんがずっと留守にしていたので、この家を出ていってしまったのかと心配しましたよ。今日はお会いできて良かった。私達は王女殿下の使いでやってきました」

このキラキラ金髪のイケメン騎士は、私がずっと留守だったことに対して遠回しに嫌味を言っているようだ。

ハァー……、だから貴族って嫌なんだよね。

「騎士様に何度も来ていただいたことは伺っておりますわ。大変申し訳ありませんでした」

「いえ。それより、王都からこの港町までは単騎で二時間は掛かりますので、少し喉が渇いてしまいました。お茶をいただけませんか？」

……は？　話が噛み合ってないんだけど。それに今、お茶って言ったの？　図々しいわ！

私は顔が引き攣りそうになるのを何とか我慢する。

「お茶ですか？　騎士様のような高貴な方のお口に合うかはわかりませんが、少々お待ちくださいませ」

毒でも盛っていると思われたくないから、お茶の準備をして騎士様の目の前で淹れる。

用意した紅茶は商会長さんがくれた外国の貴重な高級紅茶だ。もったいないけどこの人達に庶民の安い紅茶は出せないから、しょうがない。

「王女殿下がお嬢さんは家事は全て魔法でされると話しておられましたが、お茶は手ずから淹れてくれるのですね」

ティーナに家事魔法について口止めしなかったから、喋ってしまったようだ。

でも、今まで隠さないで生活していても何ともなかったし、普通に〝すごいねー〟で済んでいたから大丈夫なはず。

この近衛騎士様は貴族だろうし、貴族は魔法を使いこなすのは当たり前だから気にしないだろう。

「お客様の前では、少々お見苦しいものかと思いまして。ところで、王女殿下はお元気になさっておりますか？　ずっと気になっておりました」

「ええ。国王陛下と王妃殿下から溺愛されて生活なさっております。とても元気です」

その言葉を聞いてホッとした。ティーナが元気ならそれでいい。慣れない場所で泣いてないかずっと心配だったから……。

「それは良かったですわ」

そのタイミングでお茶を淹れ終え、騎士様にお出しする。

「……」

早く用件を言って帰ってほしいのに、騎士様は何も言ってくれない。

「あの……、ご用件は？」

「申し訳ない。お茶があまりに美味しいので、話を忘れていました」

高級紅茶だから当たり前よ！　美味しいから、私は大切に飲んでいたんだから。

「騎士様は多忙でお疲れなのではないでしょうか？　今日は早く帰って休まれた方がいいのでは？」

それは、私なりの早く帰れというメッセージだった。

「そうですね……。今日は朝早く出てきたので、少しお腹が空いてしまいました」

この人はさっきから何なのよ！

「近くに美味しいお店がたくさんありますので、お教えいたしましょうか？　平民の食事ですが」

「ご親切にありがとうございます。実は王女殿下が、お嬢さんが魔法で作る料理が一番美味しいとよく話しておられまして……」

「……」

すっごく嬉しいけど、ティーナは喋りすぎよ！

「お嬢さんが作るハンバーグとやら？　肉料理が食べたいとよく話しているのです。残念ながら、王宮の料理人達はハンバーグが何なのかわからず、私自身も食べたことがないので、そのハンバーグを食べてみたいのですが」

は？　私に作れって言っているの？

いくらハンバーグがこの世界で珍しくても、嫌なんですけど。

「……でしたら、今からハンバーグのレシピを紙に書きますので、王宮の料理人の方にお渡しいただけますか？」

「ありがとうございます。しかし、私は王女殿下が大好きだという、お嬢さんが魔法で作るハンバーグが食べてみたいのです」

「毒味の問題がありますから、私のような者が作った料理を高貴な騎士様に食べさせるわけにはいきませんわ」

「いえ。調理するところを見せていただければ毒味は必要ありません。費用はお支払いいたします。お願いできませんか？」

本当に図々しいわ！

しかし、平民の私が高貴な騎士様にそんなことを言えるはずもなく……


「リーゼ、私が荷物を持ちましょう」

「騎士様のお手を煩わせるわけにはいきませんわ」

結局ハンバーグを作ることになってしまった私は、なぜかキラキラ金髪のイケメン騎士と連れの騎士の二人と一緒に食材の買い物に来ている。

しかも気付くと名前を呼び捨てにされていた。

それにしても、町の人からの視線を感じるわ……

近衛騎士はこの辺では見ないし、こんな長身のイケメン二人が歩いていたら目立つのは当然だ。

「リーゼ、今日もたくさん買ってくれてありがとな！　これはオマケだから食べて」

「いつもありがとう」

肉屋では騎士五人と私の分のハンバーグを作るために、キロ単位で肉を買っていた。肉屋の息子はそんな私にハムをオマケしてくれるらしい。

ふふっ！　サンドイッチにして食べようかな。

「リーゼ、少し重いけど大丈夫か？　俺が家まで運ぶか？」

「だいじょ……」

「結構だ。私が運ぶ」

は？　このキラキラ金髪のイケメン騎士、同性に対して感じ悪くない？

「あはは……。また来るわね」

「ああ。リーゼ、また今度な」

何で私が気を使わなければならないの？

急いで家に戻って、魔法でさっと料理して、早く食べてもらって、さっさと帰ってもらおう。

キラキラの騎士達に一刻も早く帰ってほしいので、家に帰ってから急いでハンバーグ作りをする。

と言っても、家事魔法で作るからすぐに終わるのだが。

ハンバーグとトマトソース、付け合わせの人参グラッセ、ポテトフライを作るために包丁が野菜を切り始める。

さらに、塊の肉を挽肉に近い状態にするために、別の包丁がすごい速さで動き出した。

包丁の動きはいつものように、ポルターガイストのようだ。

「本当に魔法で作れるのですね！　すごい……」

イケメン騎士達は包丁の動きに驚いているようで、食材や調理器具が勝手に動く様子を黙って見ている。

そしてあっという間にでき上がり、いい匂いが漂う。

食器の準備や盛り付け、配膳まで全てを魔法でやったので、騎士達のすぐ目の前をでき上がったハンバーグプレートが飛んでいき、テーブルに綺麗に並べられる。

「料理ができ上がりましたのでどうぞ。外で待機している騎士様も中に入ってお召し上がりくださいませ」

ファミリー向けの大きめのダイニングテーブルだが、騎士が五人座ると一気に狭くなった。

飲み物も必要だと思い、アイスレモンティーも用意した。

水魔法を応用して、水を凍らせるようになっていたので暖かい日に氷を使ったアイスティー作りにハマっていた。

少しだけ甘くして、レモンを入れたら最高なの！

「こちらは冷たい紅茶です。レモンとお砂糖が入っています。よろしければどうぞ」

この国では紅茶を冷たくして飲む文化はないので、一言説明してからお出しした。

初めて食べるであろう料理と飲み物に、初めはおそるおそるといった感じで口に運んでいた騎士達だったが、あっという間に完食し、アイスレモンティーはみんなお代わりしていた。

私、騎士団員寮の寮母さんみたい。もし生活に困ることがあったら、どっかの寄宿舎で雇ってもらおうかな。

「騎士様。そろそろ、ここに来たご用件を教えていただけませんか？　まさか、食事をするためだけにいらしたのではありませんよね？」

とにかく早く帰ってほしい。

私はハンバーグを食べ終えてアイスレモンティーを飲んでいた、キラキラ金髪のイケメン騎士に用件を聞いた。

「食事のために来たのではありませんが、思った以上に美味しい料理でこの冷たい紅茶も素晴らしい。王女殿下が、リーゼの作った食事が食べたいと言う理由がわかりました。こんな魔法があることにも驚きましたよ」

相変わらず、胡散臭い笑顔を向けてくる男だ。

この男は自分がイケメンだって自覚している。

イケメンが笑いかければ何でも許されるって思わないでほしいわ。この騎士様は腹黒に違いない。

「ありがとうございます。それで騎士様、本日のご用件は？」

私の対応で、騎士様は胡散臭い笑顔は通用しないと理解したらしい。

「……王女殿下から手紙を預かってきました。王女殿下はリーゼの返事を待っているようなので、今すぐに返事を書いてくださいませんか？」

そういうことは早く言ってよ！　と思ったが、ティーナからの手紙と聞いて私は嬉しくなってしまった。

「わかりました。少々お待ちくださいませ」

ティーナからの手紙には、私は元気ですとか毎日勉強していますとか書いてある。

ここで生活していた時よりも字が上手になっていて、王宮で字の練習を頑張っているようだ。

手紙の最後には〝お姉ちゃんに会いたい〟と書いてあった。

私を思い出してくれているのね……

涙を堪えながら、ティーナが気に入っていたピンクの可愛らしいレターセットに返事を書く。

私は元気であることとやまたいつか会いたいねとか、勉強頑張ってなどわかりやすい文章を書いて騎士様に渡してもらうことにした。

「リーゼ、今日はありがとう。王女殿下はリーゼの手紙を喜ぶと思います」

「私も王女殿下からのお手紙はとても嬉しかったですわ。騎士様、今日はありがとうございました。帰りの道中、お気を付けて……」

「ふっ！　そろそろ帰らないとリーゼを怒らせてしまいそうなので、私達はこれでおいとまいたしますね。ハンバーグ、とても美味しかったです。また会いましょう。それでは、また！」

やっと帰ってくれて安堵したものの、偉そうなキラキラ金髪イケメン騎士様はその後も週一くらいの頻度でやって来るようになった……

ある日、玄関のドアがノックされる。

嫌な予感がしながらもおそるおそるドアを開けると、いつものキラキラ金髪のイケメン騎士がいる。

最近はこの騎士ともう一人の騎士の二人だけでやって来る。

服装も白い近衛騎士の服は目立つことに気付いたらしく、最近はお忍び用の服装で来ているらしいが、長身のイケメンはいるだけで目立つと気付いていないようだ。

何度も訪ねてくる騎士様と関わるのが面倒で、居留守を使ったこともあった。

しかし、キラキラのイケメン騎士はしばらくドアの外で待っていたらしく、見かねた親切なご近所さんがドンドン……と、力強く扉を叩く。

『リーゼ、寝ているのかい？　騎士様が来ているよ！　早く起きな！　騎士様、多分、今のでリーゼは起きたはずだから、少し待ってもらえますか？　リーゼも寝起きの姿で出てくるのは恥ずかしいと思うからね』

と、やられてしまった。イケメン騎士は私のご近所さんを味方につけたらしい。

「リーゼ、会いたかったよ。玄関を開けてくれなかったら、また近所のマダムを呼ぶところだった。すぐに出てきてくれて良かったよ」

間違いない。このキラキライケメン騎士は相当な腹黒だわ。

「騎士様、ご機嫌よう。早速ですが、王女殿下からのお手紙を拝見いたしますわ」

いつもティーナからの手紙を持ってくるのだから、さっさと手紙を見せてもらって帰っていただこうと考えたのだが……

「リーゼ、私達は喉が渇いてお腹も空いているのです」

またなのー？　今から買い物に行って料理をするのは面倒なのよ。

「近くに美味しいお店がありますから、ご案内いたしましょう！」

「いいえ。いつも王女殿下にリーゼが作る料理について報告いただいているので、リーゼの作った食事を食べさせてもらいたいのです。王女殿下は、リーゼの話を聞くのを楽しみにしておられますよ」

……くっ、この腹黒め！

「食べたら、早くお帰りになってくださいね！」

「もちろんです。そうだ、王女殿下がリーゼの作ったクッキーが食べたいと話していらっしゃいました。作っていただけますか？」

「わざわざ届けてくださるのですか？　しかし、私が作ったものを王女殿下が直接口にされるのは、許されるのでしょうか？」

「私が直接王女殿下にお渡しするので大丈夫です。調理する場所にも私が立ち会うので、何の問題もありません」

ふと気付いてしまった。

王女殿下に直接会えるなら、このイケメン騎士は相当身分が高い人なのでは？

もしかして、私のこの騎士様に対する態度はよろしくない……？　き、気を付けよう。

「……リーゼ？　買い物に行きましょう」

毎週のようにこの騎士様と買い物に来ているから、市場や商店街で働く人の中には、私達が男女の関係なのではと噂する人もいるらしい。金髪イケメン騎士は私の隣を歩き、あと一人の騎士は無言で少し離れて歩くため、二人きりのように見えるらしい。

だから買い物は一人で行きたいのだが、安全上、どこの店で何を買ったのかも把握しておきたいと言われてしまった。

騎士様は今日もハンバーグが食べたいと言うので、私は魔法で急いで調理する。

家事魔法で料理するのは見慣れているはずなのに、騎士様達はいまだに興味津々でその様子をじっと見ている。

いつもは胡散臭い表情をしているのに、この時だけは子供のように目を輝かせて見ている。年上の騎士様なのに可愛らしく見えた。

「でき上がりましたので、どうぞ召し上がってください」

「いただきます！」

今日もハンバーグを完食し、王女殿下への手紙と焼き上がったクッキーを受け取り、騎士様達は帰っていった。

こんなことが続くと良くないとわかりながらも、騎士様とはそれなりに親しくなっていた。


会話もはずむようになったと自覚し始めたある日、またいつものように騎士様が訪ねてきたが、その日は初めて見る人物も連れていた。

騎士様が連れてきた人は、お上品な雰囲気の綺麗な顔立ちをした紳士だった。私と同じようなピンクブロンドの髪に緑色の瞳をしている。

「リーゼ、今日は君に会わせたい人を連れてきた」

いつもの胡散臭い笑顔ではなく、珍しく真顔で話す騎士様に少しだけビビる。

「ご機嫌よう。そちらのお方は？」

「こちらはクリフォード侯爵だ」

「君が小さかった頃、数回しか会ったことがないから覚えていないだろうが、私はアンジェラ・ステールの兄だ」

「……」

アンジェラ・ステール、それは久しぶりに聞く毒母の名前だった。

「驚くのも無理はない。君の両親と私の関係は悪くて、最低限の交流だけだったからな」

この方は、私から見て伯父様という存在のようだ。

「ステール伯爵家が事業に失敗して没落したと聞いて、アンジェラに一人娘がいたと思い出し、慌てて君を迎えに行ったのだが、私を出迎えたアンジェラは、私が君を養子に迎えたいと伝えると、高額な金を要求してきた。私としては君を助けるためなら大した金額ではないと判断し、アンジェラに金を払い、養子縁組の手続きを済ませたのだが、その後迎えに行ってみたらアンジェラも君も行方不明になってしまったとステール伯爵から知らされた」

あの毒母は私が居なくなった後、出奔を隠して、金欲しさに実の兄を騙し一人で逃げたらしい。

養子縁組を装った詐欺みたいだと思った。本当に腐った根性の毒親だ。

「ずっと君を捜していた。孤児院を調べても見つからないし、アンジェラに娼館にでも売られてしまったのかと思って調査もしてみたが、見つからなくて諦めていたんだ」

伯父様は自分の妹のことをよくご存じのようだ。

貴方の毒妹に売られそうになったので、私は逃げ出したのですよと言いたい。

「そんな私のところに殿下が突然訪ねてきて〝侯爵は愛人がいたのか？　娘がいるよな？〟とか、意味のわからないことを聞いてきたので事情を教えてもらった。それで私の姪である可能性があるから会わせてほしいと頼んで連れてきてもらったのだが……、君は昔のアンジェラにそっくりだ。エリーゼの話は殿下からいろいろ聞いた。あんな両親で苦労したのに、よく頑張ったな。今のエリーゼは養子縁組を済ませて私の義娘になっているから何の問題もない。私と一緒に王都に帰ろう」

今、伯父様は殿下って言っていた。

しかしそれよりも……

「私は王都に帰るのですか？」

話が急すぎて、私の頭が追いつかない。

「そうだ。君は私の義娘で侯爵令嬢なのだから、平民の暮らしをさせておくわけにはいかない。いろいろと調べさせてもらったが、君はウォーカー商会と手を組んでいて、平民でも裕福な生活をしているようだな。しかし、金を持っている若い女性が一人で暮らすのはとても危険だ。いつ狙われてもおかしくはない」

迎えに来てくれたのはありがたいが、貴族の生活に戻りたいとは思わなかった。

平民として自由気ままに生活する方が私に合っているから。

「伯父様、母のことは大変ご迷惑をお掛けいたしました。伯父様の予想通り、私は両親から売られそうになったので、その前に一人で逃げ出しましたの。まさかそんな私を親身に捜してくれている伯父様がいたとは知らず、ご心配をお掛けして申し訳ありませんでした」

「いや、アンジェラは昔はそんな人間ではなかったのだ。ステール伯爵と結婚して変わってしまったのだよ。だから、アンジェラだけを責めないでほしい」

あの毒母を庇《かば》っているの？　この伯父様は金を騙し取られたのに人が良すぎない？

毒母のあの腐った性格は生まれつきではなかったってこと？　私にとっては両親が毒親であることには変わりないから、もうどうだっていいのよ。

「伯父様。私を迎えに来てくださって感謝しております。しかし、私は平民として生きていきたいのです。どうか私の我儘《わがまま》をお許しください」

「リーゼ、君は酷い両親を見てきたらしいから、いきなり現れたクリフォード侯爵が信用できないのはわかる。だが、侯爵の人柄が素晴らしいことは私が保証する」

私達の会話を横で聞いていた騎士様が急に口を開く。伯父様と騎士様はよく知る間柄のようだ。

「クリスティーナが君に会いたがっている。毎日、毎日……、陛下と王妃殿下にリーゼに会いたいとお願いして困らせているくらいだ。港町の家に帰りたいと訴えて、寂しいとかリーゼの作ったドレスが一番好きだとか、お菓子も料理もリーゼの作ったものが一番美味しいとか言って、君の話ばかりしている。王都に来ればクリスティーナに会うことができるのだし、何よりもクリスティーナは喜ぶだろう。私も君にはクリフォード侯爵家に来てほしいと思っている。真剣に考えてくれないか？」

騎士様がティーナを呼び捨てにしている。伯父様は騎士様を殿下って呼んでいるし、この人はただの貴族ではないようだ。

もしかして、ティーナのお兄様とか？　怖っ！

ティーナも私を思い出してくれるのはすごく嬉しいけど、喋りすぎよ。

「親切な伯父様の娘として生活するのは、貴族令嬢として幸せでしょうね。しかし、私は今の生活が気に入っているのです。簡単には決められません」

「すぐには決められないのはわかっている。また一週間後に来るから考えておいてほしい。でも私は、エリーゼが嫌だと言っても簡単には諦めるつもりはないぞ」

最後に優しく微笑んだ伯父様は、騎士様を置いて先に帰ってしまった。

……で、この騎士様は帰らないのかしら？

「リーゼ、突然悪かった。私は君を初めて見た時から、ただの平民とは思えなかった。君の髪色や目の色を見て、クリフォード侯爵と同じだと気付いて君が侯爵の婚外子なのではと疑っていたのだが、行方不明の姪だったと聞いて驚いたんだ」

この騎士様は、私の知らないところでいろいろ調べていたらしい。

「私もまさか自分に伯父様がいて、自分を捜していたとは思いませんでした」

「驚かせて申し訳ない。クリスティーナのことだが、マナーや読み書きなどきちんと教育されているから誰に教えてもらったのか聞いたら、リーゼが教えてくれたと言っていた。君がくれた成長を記録した日記は、君のクリスティーナへの愛情を深く感じられるものだった。大切に育てられていたことを知った国王陛下や王妃殿下は、君にとても感謝していた」

その日記は、いつか本当の家族が迎えに来た時にティーナがどんな赤ちゃんだったかを伝えたくて書いた育児日記だった。

陛下と王妃殿下がきちんと読んでくれたと聞いて、胸が温かくなる。

「リーゼがもし平民であれば王家との繋がりが強い貴族の養子に迎えて、クリスティーナの侍女になってもらおうかと話すくらい陛下と王妃殿下は君を評価している」

「王宮の侍女は私には無理ですわ。ほかの貴族令嬢と上手く付き合える自信がありませんし、こんな私が王女殿下の側にいては、王女殿下の弱点になってしまうかもしれません」

「名門クリフォード侯爵家の御令嬢の君が弱点になることはない。むしろそんな君が側にいてくれたら、クリスティーナの大きな助けになるはずだ。どうか王都に来ることを前向きに検討してくれないか？」

また近いうちに会いに来るよと言って、珍しく何も食べずに騎士様は帰ってしまった。

そして私は、王都行きについて少しだけ悩んでいる。

ティーナに会えるのは嬉しいし、今も私を思い出してくれていると聞いて嬉しかった。

でも、あの面倒そうな貴族社会にいまさら馴染めるのか自信がない。

今の生活に満足しているし、ずっとこのまま平凡に暮らしていければいい。

ティーナと会えないのは寂しいけど、陛下と王妃殿下から溺愛されているらしいから、きっと大丈夫。

伯父様と騎士様が来たら、やはり私は平民でいたいと話をしよう。

自分では王都に行かないと決めたつもりでいたが、ここで大きな事件が起こる。


ある天気のいい日の午後、ドンドンと乱暴に玄関のドアを叩く音がする。

おそるおそるドアを開けると、そこには騎士を数人引き連れた、赤髪が特徴的な貴族令嬢らしき女性がいた。

その御令嬢は、鋭い目つきで私をジロジロと見つめた後、

「貴女、挨拶もできないの？　これだから卑しい平民は嫌なのよ。男を誑《たぶら》かすことしか脳がないのかしら？」

こういう令嬢がいるから貴族は嫌なのよ！

……しょうがない。

「ご機嫌よう、お嬢様」

私は久しぶりのカーテシーで、丁寧に挨拶する。

「……あら、今度は貴族の真似かしら？　なんて身の程知らずなの？」

イライラしてきた……。この人は何をしにきたの？

「貴女がアルベルト様の恋人？　ずっと婚約者も決めずにいた彼が、姪を溺愛し始めたと聞いたから、そろそろ自分の子供でも欲しがって私を婚約者に決めてくださるかもと期待していたのに……

毎週、嬉しそうに会いにいく恋人がいるって聞いたから、わざわざ私が王都から貴女に会いにきて

あげたのよ」

アルベルト様って誰？

話が理解できず私が絶句していると、苛ついたような表情を見せる御令嬢。

「何とか言ったらどうなのよ？」

怖っ！　この人、ファンタジー小説の名脇役の悪役令嬢みたい。

「お嬢様。アルベルト様とはどなたでしょうか？　誰かと勘違いなさっていませんか？」

「誤魔化せないわよ！　貴女とアルベルト様が二人で仲良く買い物をしているとこの辺りに住む平民達の間では有名な話だったたし、この家でいつも密会していることはわかっているのよ」

どうやら、あの腹黒の騎士様のことを言っているらしい。

「あの騎士様でしょうか？　名前すら知りませんでした。恋人でも何でもありません。あの方は知り合いの親戚ですし、二人きりで過ごしたことはありませんわ」

騎士様はティーナの親族だから、知り合いの親戚ということにした。高貴な人を勝手に友人だなんて言えない。

この令嬢、なんかヤバそうだから恋人って勘違いされたら良いことはないだろうね。

そう判断した私は、冷めた反応で全否定する。

「……は？　貴女はアルベルト様には興味はないってこと？」

「私があの方に興味を持つと？　身分が違う方をそのような目で見るなんて不敬ですわ」

「……」

御令嬢とお付きの騎士達は、私の話を聞いて目を見開いている。

私はアルベルト様を愛してしまいましたぁ……なんて、言われるとでも思っていたのかな？　中身は前世で主婦のおばちゃんなんだから、そんなことを軽々しく口にするわけがないのに。

「アルベルト様は、自分に全く興味を持たない平民女が珍しくて惹かれたのかもしれないわね。悔しいけど、貴女は美しいし……本当に憎らしいわ。私はずっと長い間、アルベルト様だけをお慕いしているのに」

見た感じは悪役令嬢だけど、あの腹黒に一途に恋をする女の子のようだ。

でも、そんな話は私にしないでアルベルト様とやらにはっきり伝えればいいのに。

「貴女、平民にしてはまあまあ学がありそうだし、身の程を弁《わきま》えているようにも見えなくもないから、彼の妾《めかけ》にしてあげてもいいわよ」

「……はい？」

「アルベルト様には貴女を妾《めかけ》に迎えることを認める代わりに、私と結婚してもらえないか交渉してみるわ！　平民の貴女とアルベルト様では結婚できないでしょうから、正妻になる予定の私が貴女を妾《めかけ》として認めて迎えると言ってるのよ。感謝しなさい」

御令嬢の話している意味がわからなかった。

「妾《めかけ》って……、一体何のために？」

「わからないの？　アルベルト様は王弟で貴女は平民なのよ！　いくらアルベルト様が貴女を愛していても貴女は妻にはなれないし、アルベルト様が貴女と結婚したいと考えてどこかの貴族の養女に貴女を迎えさせたとしても、きっと血筋でバカにされるでしょう。国王陛下と王妃殿下も貴女を絶対に認めないわ」

……あの腹黒は王弟？　ティーナのお兄様ではなく叔父様だったのね。

「そこそこ名門の伯爵令嬢である私がアルベルト様と結婚して、貴女を妾《めかけ》として認めると言っているの。貴女だって、王弟の妾《めかけ》として優雅な生活をさせてもらえるのだから幸せに決まっているわ」

「……」

この令嬢の言うことがバカらしくて、言葉が出てこなかった。

「こんな場所に貴女を置いておけないから、私と一緒にいらっしゃい！　貴女を今から王都に連れていくわ。王弟の妾《めかけ》として恥ずかしくないように、うちで躾《しつ》けてあげる」

この令嬢は思い込みが激しいようだ。私の意思に関係なく勝手に話を進めるなんて、いくら貴族でもこれは酷い。

「……行きません」

「何ですって？」

「私は行きません。私達はお嬢様が考えているような関係ではないのです。恋愛感情なんて全くありませんから」

私の言葉に令嬢は逆ギレした。

「はっ！　貴女の気持ちなんてどうでもいいわ。でもアルベルト様は違う。彼は休日になると、嬉しそうに貴女に会いに出掛けるそうよ。こんな遠くまで、毎週のように。アルベルト様は貴女に特別な感情を持っているに決まっているわ。だから私がアルベルト様と結婚するために、貴女を利用すると決めたのよ。平民なんだから、黙って私の言う通りにしなさい！」

パンっ！

……痛い。この女、ビンタしたの？

毒母にしか殴られたことがなかったのに。

「貴方達、何をボケッとしているのよ！　この女を馬車に乗せなさい！」

令嬢は護衛の騎士達に声を張り上げて命令するが、騎士達は困った顔をした。

「しかし……」

「早くしなさい！　クビにされたいの？」

騎士達はしぶしぶ私を拘束した。

「こんなことをして許されるとでも？」

「もちろんよ。私は伯爵令嬢で貴女はただの平民……私が貴女を殺しても、貴女が私の物を盗んだとか、危害を加えたとか、適当なことを言えば何とでもなるの」

この女、やっぱり悪役令嬢だわ！

こうして私は、この意思疎通の全くできない伯爵令嬢に白昼堂々と拉致《らち》された。

逃げられないように手を拘束されて馬車に乗せられ、伯爵令嬢のタウンハウスらしき邸《やしき》に連れてこられる。

拘束されての長時間の馬車移動はとても辛く、到着した時には気持ち悪くなってフラフラになっていた。

「平民だから馬車に乗り慣れてないのね。馬車酔いしちゃったかしら？　クスっ……。綺麗な顔が酷いことになっているわよ」

最悪の気分でいるのに、本気でムカつくわー！

くっ！　我慢よ、我慢……

私は無言のままひたすら我慢する。

「……」

「しょうがないわね。この女を離れの部屋に案内して休ませて。憎らしいけど私の将来には必要な女だから傷をつけたりしないで、丁重に扱いなさい」

「畏《かしこ》まりました」

出迎えたメイド達に指示を出すと、令嬢は本館らしき邸《やしき》に入っていった。

令嬢が私を丁重に扱うようにと言ったからなのか、メイド達から嫌がらせはされず、その日は離れの客室のような部屋でゆっくりと休むことができた。

ベッドで休みながら考えていたのは、伯父様のことだった。

多分、明日か明後日くらいには伯父様か今回のトラブルの元になった、王弟殿下が私を訪ねて来るはず。彼らが訪ねて来たら、近所のおばさん達がきっと私が白昼堂々と拉致《らち》された話をするだろう。

おばさん達は私を助けようと誰かを呼びに走っていったように見えたし、貴族令嬢をジロジロと見ていたから、令嬢の外見の特徴を伯父様に伝えてくれるわ。伯父様の侯爵家は名門だと王弟殿下が話していたから、きっと上手く捜し出して迎えに来てくれる。伯父様が来るまで静かにしていよう。

そして、幸いなことに私が元伯爵令嬢だとバレてないようだ。

本格的にお茶会デビューする前に没落してしまったし、あの毒親達は私と同じ年代の令嬢がいる家門とは交流させなかったから、私のことは全く知らないみたいだ。

私が元伯爵令嬢とか侯爵家の人間だなんて言ったら、証拠隠滅で消される可能性がある。

伯爵令嬢が侯爵家の人間をビンタして拉致《らち》監禁したなんて知られたら立派な犯罪になるだろう。

だから、余計なことは言わずにしばらくは様子を見てよう。

とりあえず、疲れて具合が悪かった私はそのまま寝ることにした。

次の日、メイド達が私の部屋にやって来て、湯浴みや着替えをさせてくれた後、食事を持ってきてくれた。

「ここはどちら様のお邸《やしき》なのでしょうか？」

「私達が話をすることは禁止されておりますので、質問にはお答えできません」

余計なことを喋らないようにと教育されているらしい。

メイド達は常に廊下に控えているようだった。

ためしに部屋から出ようとしてみたら、ドアのところにはメイド以外に騎士が立っていて驚いた。

「部屋から出ることは禁止されております」

「ソーデスカ。失礼しました」

私は監禁生活の始まりを理解した。

その翌日、私のいる部屋にあの令嬢が訪ねてきた。

「平民の貴女にマナーを教える先生をお呼びすることにしたわ。私に恥をかかせないように、しっかりやりなさい」

令嬢の態度にイラッとしたが、態度に出さないように何とか我慢する。

早速、その日の午後には講師の先生らしき人がやってきた。

「貴女様にマナーを教えてくださる、バンクス子爵夫人です」

メイドがやる気のなさそうな子爵夫人を紹介してくれたのだが……

「私は普通であれば平民にマナーなどは教えませんのよ。オルダー伯爵令嬢に頼まれたから、仕方なく来ましたの。しっかり学んでくださいませ」

オルダー伯爵令嬢って、バラしちゃってるじゃないの。ふふ……

「バンクス子爵夫人、今日からどうぞよろしくお願いいたします」

淑女のように柔らかく微笑んで、丁寧にカーテシーをしてやった。

「……え？　貴女、平民なのよね？」

平民がカーテシーをして挨拶をするとは思っていなかったらしく、バンクス子爵夫人は驚いている。

「ええ、平民ですわ」

没落する前にこれでもかとマナーや淑女教育を学ばされたけど、久しぶりで忘れていることもあるから、復習のつもりで教えてもらおう。

子爵夫人からマナーを習い始めたその日、夫人が帰って少し経った後に誰かが私の部屋にやって来た。

突然部屋に入ってきたのはいつもの令嬢だ。今日は同じ赤髪の男も一緒にいる。

私を舐めるような視線で見つめるこの男は、年齢的に見てこの令嬢の父親のようだ。

この男がオルダー伯爵？

「これが噂の殿下の恋人か？」

「ええ。この女を殿下の愛妾《あいしょう》にしようと思って連れてきたのですわ。お父様から殿下に私を妻にしてくれるなら、この女を愛妾《あいしょう》として認めると話してくれませんか？」

その話を聞いた伯爵が表情を一変させる。

「ジョアンナ、お前はだからダメなんだ」

「え……？」

「殿下の怒りをわざわざ買いたいのか？　そんな取引をしようと持ちかけた時点でお前の行動を咎められ、怒る殿下がこの女を取り返しに我が邸《やしき》に乗り込んでくるかもしれない。平民だから何をしてもいいと考えたのかもしれないが、平民であっても殿下の恋人だ。このことが殿下にバレたら、お前は余計に嫌われるだけだ。妻になど到底なれない。よくも……、我が家門に泥を塗るような真似をしてくれたな！」

伯爵が鋭い視線で令嬢を見つめる。

相当怒っているわね……。おお、怖い。

「お父様、私はアルベルト様と結婚したいのです！　この平民女を利用してでも、結婚したかったのです」

泣きそうになりながら、あの男と結婚したいと訴える令嬢。

聞いているこっちが切なくなってきた。

「愛する人を攫《さら》ったお前を殿下は許さないだろう。我が伯爵家も殿下に睨まれてしまう」

「……っ！　では今すぐにこの女を消しましょう」

えー！　この邸《やしき》に来て三日も経たずに私は消されるの？

そう思った瞬間、サーッと血の気が引いていく。

「今消したとしても、お前がやったとすぐにバレるだろうから無理だ。お前の護衛騎士達から聞いたが、お前は町中の平民達が見ている前で、白昼堂々と我が伯爵家の紋章の入った馬車で乗り付けて、この女を攫《さら》ってきたらしいじゃないか。お前みたいな大バカでは、王族との結婚は無理だ。早く諦めることだな」

伯爵が今すぐ私を殺すつもりはないと知り、安堵からホッとする。

「そんな……、私はどうすれば？」

「この女をうちの養女として迎えよう。平民から養女に迎えるなら、陛下から許可を得る必要はないし、本人の同意のみで簡単に手続きは済む。我が伯爵家の令嬢にしてしまえば、殿下も下手なことはできないだろう。殿下が伯爵令嬢となったこの女と結婚したいと言えば、私は王弟の義父になれる。それは悪くない」

私は王弟殿下の恋人でも何でもないけど、それがバレたらすぐに消されそうだ。

「この憎い女を我が伯爵家の養女にするのですか？　この女が伯爵令嬢になったら、きっとアルベルト様はすぐに結婚したがるに決まっています！　私にそれを認めろと言うのですか？」

令嬢がキィーキィーと騒いでいて煩《うるさ》い。

私と腹黒王弟殿下との結婚なんてありえないけど、彼女はずっと好きだった人を取られるかもしれないと、取り乱しているようだ。

「全てお前が悪いのではないか！　堂々と殿下の恋人を攫《さら》ってきて、もう後には引けないぞ」

「しかし、私はアルベルト様が好きで……」

「殿下はお前を嫌っている！　さらに今回のことで、我が家門さえも厳しい状況になった。全てお前が悪い！　修道院に送られたくなければ静かにすることだ。この女は我が家門の救世主になるかもしれない。ジョアンナであっても危害を加えたりすることは許さない！」

「……っ。わ、わかりました」

令嬢が悔しそうに涙を流している。

伯爵は泣いている令嬢を気にせず、話が終わった瞬間、私に顔を向けた。

「おい、お前の名は？」

「り、リーゼと申します」

「殺されたくないなら黙って私の言う通りにしろ。わかったな？」

殺されたくない私は迷わず……

「はいっ！」

はっきりと即答してしまった。

その後、伯爵は養子縁組の書類を持ってきて平民リーゼのサインを記入することになった。

本当は侯爵令嬢なんだけどな。これが私の本名じゃないとバレたら殺されるかもしれない。

伯父様、早く助けに来てー！


伯爵家の養女になった途端に、マナー教育をしてくれているバンクス子爵夫人の態度がわかりやすく変わった。

「リーゼ様、今日も頑張りましょうね」

「バンクス子爵夫人、今日もよろしくお願いいたします」

伯爵から、私がこの伯爵家の令嬢になったからしっかり教育するようにと言われたのかもしれない。バンクス子爵夫人は前とは別人みたく、熱心に指導してくれるようになった。

「前から思っておりましたが、リーゼ様はもしかして裕福な商家のご出身でしょうか？　マナーは私が教える必要がないほどに洗練されていますし、所作も美しいですわ。平民であったなんて信じられません」

ここに来てゴマスリですか……

「バンクス子爵夫人のお陰ですわ。私なんて、ジョアンナ様の足元にも及びません」

あの赤髪の令嬢は私の二つ年上らしく、伯爵からはお義姉様と呼ぶようにと言われた。けれどもお義姉様なんて呼んだら睨まれそうで怖いから、名前に様を付けて呼んでいる。

「ここだけのお話ですが……」

バンクス子爵夫人は急に真顔になる。

「ジョアンナ様は謹慎生活をされているようですわ。部屋から出ることを許されていないようです。前からトラブルばかり起こしていましたから、伯爵様も苦労されているようです。伯爵家の跡取りである弟君も、愛人の子だからと虐めていると聞きますし。リーゼ様も気を付けてくださいませ。美しいリーゼ様に嫉妬して、何をしてくるかわかりませんから」

バンクス子爵夫人はお喋りな人のようだが、私としては貴重な情報が得られるから良かった。

「バンクス子爵夫人。私、この伯爵家の事情がよくわかりませんので、いろいろ教えてくださると助かりますわ」

私もバンクス子爵夫人にゴマスリをして、いろいろと聞き出してやろうと思った。

バンクス子爵夫人によると、ジョアンナの実母である伯爵夫人はすでに亡くなられて、伯爵はそのすぐ後に愛人の産んだ息子のローランドを跡取りとして引き取ったらしい。

愛人は平民らしく後妻として迎えられないから、どこか別の邸《やしき》に囲われているのではないかという噂があるらしい。

ジョアンナはそんな腹違いの弟を認めずに、嫌がらせをしたり虐めたりしていて酷い姉だと邸《やしき》の使用人達から陰口を叩かれているらしい。

ジョアンナは自分の母親が亡くなってすぐに、愛人の子を迎えられてショックだったに違いない。

でも愛人の子だって、自分で望んだのではないから可哀想だ。

一番悪いのは父である伯爵だと思う。

ある日、その伯爵が私の部屋にやってきた。

「リーゼ。バンクス子爵夫人がお前は貴族令嬢としてのマナーが完璧で、何の問題もないと言っていた。今日からお前の部屋を本館に移動する。これからもしっかりやるように。何かあれば命はないと思え。わかったな？」

命が一番大切な私は迷わなかった。

「はいっ！」

勢いよく返事をしたものの、本館って悪役令嬢ジョアンナがいるじゃない。

腹違いの弟を虐めるくらいだから、私も虐められるのかな？　嫌だなぁ。

使用人あたりが私をバカにして、嫌がらせしてくるかな……

しかし、私の心配とは裏腹に虐められはしなかった。

「私の義娘になったリーゼだ。リーゼは、この伯爵家にとって重要な人物になる。しっかり仕えるように。ジョアンナがリーゼに手を出さないように、しっかり見張ってくれ。次に何かをしたら、あれは修道院に行かせるからな」

伯爵がこんな話を使用人達にしたからだ。

そんなことを言われたら、どの使用人だってジョアンナからは距離を置くに決まっている。

ジョアンナはまだ謹慎中らしく、部屋からは出してもらえないらしい。

私も部屋から出ないようにしているから、邸《やしき》の誰とも顔を合わせていない。

そのうち顔を合わせたら、何かされる気がする。

ジョアンナの性格が悪役令嬢みたいに悪いのは認めるけど、やはりこの邸《やしき》で一番の悪はこの伯爵だと思う。

自分の娘を〝あれ〟って呼ぶなんて……

ところで私の伯父様はいつ迎えに来てくれるのよ！


そうしている間に、私は伯爵家の一員として食事を一緒に取ることになってしまった。

どうしても嫌だったから遠回しに断りたかったのだが、伯爵の命令で断ることができなかったのだ。

食事をするために向かったダイニングでは、機嫌が良さそうな伯爵が噂の愛人の息子らしき人物を紹介してくれた。

伯爵やジョアンナと同じ赤髪に、馴染みのある黒い瞳の美形だ。伯爵やジョアンナとは顔立ちは似てないから、母親似なのかもしれない。

「リーゼと申します。どうぞよろしくお願いいたします」

次期伯爵にカーテシーをして挨拶をする私。

「……ローランドです。どうぞよろしく」

「ローランド、リーゼは王弟殿下の恋人だ。丁重に扱え」

違うと言いたいが、自分の命を優先したい私は何も言えなかった。

「はい父上。心得ております」

ローランドは笑うことを忘れてしまったような、無表情の美形だった。

その時、バチッとジョアンナと目が合ってしまい、彼女はギロッと私を睨みつけてきた。

久しぶりに見たけど、今日も迫力あるなー。

そんな中で食事が始まる。

「リーゼ、さすがバンクス子爵夫人が褒めていただけあって、マナーは完璧のようだ。これなら王宮の茶会にリーゼを連れていっても何の問題もないだろう」

行きたくないのですけど……

「お父様、それは本気で言っていらっしゃるのですか？　こんな見た目が良いだけの平民女を連れていくなんて、我が家門の恥になりますわ」

わかるよ、ジョアンナ。私もそう思っているから。

だから、そんな風に睨みつけないで！

「その見た目が良いだけの平民女に殿下の心をとられたのだろう？　問題ばかり起こすジョアンナの方が我が家門の恥晒しだ。リーゼの方が優秀で従順だ」

「……っ！」

涙目で私を睨みつけるジョアンナと、そんなジョアンナをゴミを見るような目で見つめる伯爵、そして二人に全く関心を示さずに無言で食事を食べているローランド。

最悪の雰囲気だった。

メインの料理が運ばれてきた時――

このお肉、ちゃんと中まで火が通っていない。これを食べたら食中毒になってしまう。

周りを見ると、みんな普通に食べている。

どうやら、私にだけ生焼けの肉を出して嫌がらせをしているらしい。

その時、ジョアンナが意味深な目で私を見ていると気付いてしまった。

そういうことですか……

こんな嫌がらせをするなんて、給使や料理人にはジョアンナの味方がたくさんいるようだ。

今日は伯爵の機嫌が良さそうだから、少しくらいは騒いでも大丈夫かな?

私は火の魔法を使って薄く切った肉を炙ることにした。バーナーを使って炙りチャーシューを作るような感じだ。

半生の肉に触れたナイフとフォークも一緒に火で炙って消毒しておこう。

ボォー……

「リーゼ、何をしているんだ?」

伯爵が若干引いたような反応をしている。

「申し訳ありません。私は半生のお肉が苦手ですので、生の部分を炙らせていただいております」

「生焼けの肉だって？　おい！　今すぐに料理長を呼べ！」

伯爵はすぐに行動してくれた。

マナー違反だって怒られなくて良かったー！

ジョアンナはわかりやすく動揺していた。

我慢して食べて、お腹を壊せばいいとでも考えたのだろう。

食中毒って酷いと命に関わるから、黙ってやられるわけにはいかないのよ！

医療だって、前世のようなレベルじゃないんだから！

呼ばれてやって来た料理長に、伯爵は激怒していた。

「私はお嬢様の命令で……」

料理長はあっさりと口を割っている。

私は料理長とジョアンナが怒られている横で、炙って香ばしく仕上がったお肉を食べている。普通に美味しく食べられて良かった。

この邸《やしき》では、ローランドみたいに無関心でいる方がいいのかもしれない。

伯父様が助けに来てくれるまでは、何とかやらないと。

しかし悪役令嬢ジョアンナは、その後も嫌がらせをしてきた。

スープに大量の白胡椒を入れてきたり、ステーキソースが激辛になっていたり、砂糖や塩で味が濃くなっていたり、地味にストレスになった。

しかしそれを逆手に取り、悪役令嬢ジョアンナに虐められる可哀想な平民女を演じていたら、伯爵が優しく接してくる。

いつも食事に嫌がらせをされて怖いと涙ながらに伯爵に訴え、安心して生活できないと伝えた結果、私はまた離れの邸《やしき》で生活することになった。

しかも、料理に嫌がらせをさせるから自炊したいと言ったことが認められて、離れのキッチンで自炊していいという許可も伯爵からもらえたのだ。

頼んでみるもんだわ。やったね！

毎日、ジョアンナと私のやり取りを見て、伯爵も疲れてしまったのだろう。

離れの生活は最高だった。自炊するために届く食材は高級食材ばかりで、美味しい料理をたくさん作れるのだ。

自分の食べたいご飯を作って、気楽に食事するのはすごく楽だった。

私付きのメイド達は魔法で食事を作る様子を見て初めは驚いていたが、段々と見慣れてきたらしく、最近では必要な食材がありましたらご用意しますとまで言ってくれるようになった。

拉致《らち》監禁の被害者のつもりでいたが、気付いたら離れで自由に料理する生活を楽しんでいる。

しかし、そんな時でも伯父様を思い出してしまう。

いつ助けに来てくれるの？　早く来て！

そんなある日、私は超ご機嫌だった。

なんと、伯爵が米をくれたのだ。

この世界にも米があるのは知っていたが、他国からの取り寄せなので高額になるらしく、私は手を出せなかったのだ。そんな折、伯爵が知り合いの貿易商からおためしにともらってきたらしい。

伯爵は、私が料理が好きだと使用人達から聞いて知っていたようだった。

「リーゼ様。これはどのように料理するものなのでしょうか？」

本当はカレーが食べたいけど材料が手に入るかわからない。魚介類と肉と野菜はすぐ手に入るから、フライパンでピラフなら作れそうだ。

「ピラフという料理にするわ」

「楽しみですわ」

野菜と肉でピラフに入れるコンソメスープを作るのは少し面倒だけど、家事魔法があるから楽だ。包丁がトントンと玉ねぎや人参を切っている。この包丁の動きは、ベテラン主婦の動きのようだ。それにしてもエビが立派だ。エビピラフにしようと思ってエビが欲しいと頼んだら、大きい車海老のようなエビを用意してくれたからだ。ピラフに入れるよりも、エビフライや天ぷらにした方が美味しいかもしれない。

バターで材料を炒める匂いが最高だと思っていたら、あっという間にピラフはでき上がる。

家事魔法はでき上がりが早くてとっても便利なのだ。

「はい。召し上がれ！」

「いただきます！」

「美味しそうです！」

久しぶりの米は最高だった。やっぱりご飯は美味しい。

「リーゼ様、初めてこのような物を食べましたが美味しいです」

「幸せですー！」

最近は仲良くなったメイド二人と内緒で一緒に食事をしている。この二人はどんな料理でも美味しいと言って完食してくれるから嬉しい。

自分の作った料理を食べてくれる人がいるのは、すごくありがたいことだ。

ここを逃げ出して、食堂でも始めようか？

でも、メイド以外に騎士にも監視されているから難しいだろう。

上手く逃げ出せたとしても、このメイドの二人が罰を受けることになりそうだし、可哀想だ。

使用人達と仲良くなりすぎるのも問題だ……


ある日、伯爵が離れにやってきた。

「リーゼ。来月に王宮で茶会があるから、お前を一緒に連れていく。久しぶりに王弟殿下にもお会いするだろうから、きっと喜んでくれるはずだ。茶会の準備としてドレスを注文することにした。王弟殿下のために綺麗に着飾るといい」

王弟殿下に会える茶会に私を連れていくために、今までこの邸《やしき》に置いていたらしい。私を駒として利用する気でいるのがよく伝わってくる。

恋人でも何でもないのに、あんな腹黒に関わったおかげで災難だ。

そういえば、ティーナは元気にしているかな？

最近ティーナからの手紙を読んでないからなんだか寂しい。会えなくても手紙を読むだけで元気になれたのに……

その翌日、ドレスを作るためにデザイナーがやって来た。

デザイナーらしき人はほかに数人の従業員を連れていたのだが、その中に見たことのある人物がいたのだ。

「私達はウォーカー商会から参りました。今日はよろしくお願いいたします。早速、採寸させていただきますね」

ウォーカー商会は商会長さんの店だ。そういえば商会は元々は生地屋だったから、ドレスのお店もやっていると聞いたことがある。今では大商会だから、こうやって貴族の邸《やしき》に出入りができるらしい。

「よろしくお願いいたします」

「メイドの方々には、商会長からサービスの品を預かっています。そちらのアクセサリーの中からお好きな物を三つずつお選びくださいませ。プレゼントさせていただきますわ」

ずっと会っていないけど、商会長さんは相変わらず太っ腹のようだ。

「……いいのでしょうか？」

アクセサリーをプレゼントすると言われたメイド達は、初めてなのか少し戸惑っている。

「良かったわね。ここはデザイナーさん達が見てくれているから、あなた達はゆっくり好きな物を選んできなさいね」

「ありがとうございます！」

メイド二人はサービスのアクセサリーを選ぶために私から離れていった。

部屋の壁側に並べられたたくさんのアクセサリーを見るために、メイド二人が私に背を向ける。

その時だった……

「エリーゼ様。侯爵様より伝言を預かっております。王宮のお茶会で政敵を断罪したいので、それまではここで静かに過ごしていてほしいそうです」

顔見知りの従業員は、私にだけ聞こえるくらいの小声で話をする。

「必ずお茶会の時に助け出すので、それまで待つようにとのことでした。お茶会の時は被害者らしく振る舞ってほしいそうです」

「……わかりました」

「商会長達も心配しております。何か必要なものはありますか？」

「大丈夫だと伝えてください」

「承知しました。侯爵様の影がここを監視しているようなので、もし危険があるようならすぐに助け出してくれるそうです。安心してほしいと言ってました」

「わかりました。よろしくお伝えください」

「畏《かしこ》まりました」

その会話の後、何事もなかったかのように採寸をして好みのデザインなどの聞き取りをした後、商会の従業員達は帰っていった。

メイドの二人は素敵なアクセサリーをもらえて嬉しかったと大喜びしていた。

それにしても、伯父様が商会長さんと繋がっていたなんて知らなかった。伯父様の影が見張っていることにも気付かずにいたけど、それはそれで気になってしまう。

こんな私でも、一応はプライバシーってもんがあるのだから。

翌日の昼、

「リーゼ様、今日のランチは何を作りますか？　必要な材料があればすぐにご用意します」

「そうねぇ……」

メイドから何を作るか聞かれて、キッチンの横にある食品庫を見てみる。

必ず置いてあるのは小麦粉や卵、バターにチーズにちょっとした野菜に果物。肉や魚介類は日持ちしないので必要な分をその都度、買ってきてもらったり、本館の厨房からもらってきたりしている。

「今日は涼しいからクリームシチューでも作ろうかしら？　牛乳と鶏肉とパンが欲しいわね。あと、サラダ用の野菜も。鶏肉は夕飯にも使うから多めに欲しいの。胸肉でお願いするわ」

「畏《かしこ》まりました」

シチューに少しだけ鶏肉を入れて、残った鶏肉で夕食に塩唐揚げでも作ろうか。ニンニクと生姜と塩、胡椒はあるし、料理酒代わりに白ワインを使えば、漬けダレになるはず。

魔法で氷を作って保冷剤代わりに使おう。漬けダレに鶏肉を漬けて冷やしておけば問題ない。

メイドが食材を用意してくれた後、すぐに調理を開始する。と言っても、魔法が勝手に作ってくれるのだけど。

トントントン……

今日も家事魔法で動く包丁は絶好調の動きをしていて、あっという間に食材を切り終える。

食材を炒めた後、コトコトと煮込む頃にはいい匂いがしていた。

「リーゼ様、いい匂いですね」

「もうすぐでき上がるわよ」

「私、お腹が空いてきてしまいました」

メイド達とクリームシチューのでき上がりを待っている時だった。

「リーゼ様、ローランド様がいらしております」

いつも部屋の外にいて、私を監視している騎士の声が聞こえてくる。

今、ローランドって言った？　どうして？

「ローランド様には、少しお待ちいただけないかを聞いてもらえませんか？」

「いえ。もうこちらにいらしております」

「……失礼」

今、キッチンに入ってくるの？

ローランドがキッチンに入ってきたタイミングでクリームシチューはでき上がり、お玉がクリームシチューをお皿によそっていた。

「……なっ！　何が起きているんだ？」

ローランドは、お玉や皿などが勝手に動いているのを見て固まってしまった。

勝手に皿やお玉が動いていたら不気味だろう。

お化け屋敷のポルターガイストにしか見えないもの。

だから、ローランドが固まってしまうのは理解できた。

「ローランド様、驚かせて申し訳ありません。これは私の魔法で動いているだけです」

いつも無表情の美形が驚いた顔をしていた。

「魔法でこんなことができるのか？　初めて見た」

「確かに珍しい魔法のようですわ。ところで、何か御用でしょうか？」

「突然すまない。今日から父上と姉上が領地に行くことになった。来月の茶会の前には戻るそうだ。父上達が留守の間、私が邸《やしき》を頼まれている。何かあれば私に言ってくれ」

そういえば、少し前に伯爵がそんなことを言っていたかもしれない。

ジョアンナを置いていくと何をするかわからないから、伯爵は空気を読んで一緒に連れていったようだ。

「お気遣いありがとうございます」

「これからランチか？」

ローランドができ上がった料理をジッと見つめている。

「はい。良かったら、ご一緒しませんか？」

断られるのを前提に言ってみただけだったが……

「……いいのか？」

「も、もちろんですわ。ローランド様をダイニングにご案内してくれるかしら？」

戸惑うメイド達に声を掛ける。

「畏《かしこ》まりました。こちらでございます」

まさか誘いに応じるとは思わなかった。

ダイニングテーブルに着いたローランドは、魔法で食事が配膳される様子を無言で見つめている。

いつものようにメイド達が一緒のテーブルで食べるわけにもいかず、二人にはキッチンの中にあるテーブルで交代で食べてもらうことにした。

そのため、ダイニングで食事をするのは私とローランドの二人だけだ。

気まずいなぁ。まともに話をしたのも今日が初めてだし……

「ローランド様。いつもの伯爵家の料理とは違って質素な料理ですが、召し上がってください」

「ああ、いただこう」

クリームシチューなんて、貴族の坊ちゃんの口に合うのかしら？

ティーナは喜んで食べてくれていたけど。

「……美味しいな。優しい味がする」

よ、良かったわー！

魔法で作ったといっても、不味いなんて言われたら、それはそれで傷つくもの。

「ありがとうございます。そのように言っていただけて嬉しく思います」

「……母上が作ってくれた食事もこんな感じだった。懐かしいな」

そうだった……。忘れていたけど、ローランドは平民の愛人の子だったのを跡取りとして引き取られたってバンクス子爵夫人が話していた。引き取られた後に腹違いの姉のジョアンナに虐められて、この人は苦労したって。

前世で子育て経験のある元主婦からすると、親の立場で見てしまうからこういう話には弱いのだ。

愛人だったローランドのお母さんだって、息子が伯爵家に引き取られたことをどう思ったのだろう？　寂しくなかったのかな？

こうやって母親の料理を懐かしむくらいなんだから、お母さんとローランドは普通に仲の良い親子だったのかもしれない。

ああ、ダメ……、こういう話に私は弱すぎる！

「たくさんありますので、良かったらお代わりしてくださいね」

今の私にはこんなことくらいしか言えなかった。

「……ありがとう」

ローランドはクリームシチューをお代わりしてサラダもパンも綺麗に食べ終えた後、邸《やしき》の本館に戻っていった。

「リーゼ様、ローランド様が食事をあんなに美味しそうに食べている姿を私は初めて見ました」

「私もです。お代わりまでするなんて、よほどクリームシチューがお気に召したのかもしれません。

私もクリームシチューは大好きになりましたけどね」

「不味いって言われなくて良かったわよ。いつも伯爵家の豪華な料理を食べているから、私の料理は珍しく感じたのかもしれないわね」

メイド達とこんな話をしてその日は終わった。

しかし翌日、昼食を準備する私のところにまたローランドがやって来た。

本館の調理場からソーセージをたくさんいただいたので、今日のお昼は野菜たっぷりのポトフでも作ろうと思っていた時……

「リーゼ様、ローランド様がいらしております」

今度は何だろう？　すでにキッチンのドアのところに来ているよね？

「どうぞ！」

私が返事をすると、すぐにローランドが入ってきた。

「突然すまないな。昨日のランチが美味しかったから、お礼を伝えたいと思って来た」

「いえ。こちらこそ、お付き合いいただきまして、ありがとうございました」

「……今日もここで食事を作るのか？」

「ええ。そのつもりですわ」

「そうか……」

無表情な美形のローランドは、決して口数が多いわけではない。

微妙な沈黙が流れる……

「あの……、これからお昼を作るのですが、よろしければまた召し上がりますか？」

「いいのか？」

「……ええ。今から作るので少し待っていただくことになりますが、お時間は大丈夫でしょうか？」

「大丈夫だ。作るところを見ていたいのだが、ここに居てもいいか？」

「では、椅子を……」

「このままで大丈夫だ」

ローランドの沈黙に耐えられなかった私は、何を話していいのかわからず、断られるのを前提にまたお昼に誘ってみたが、また予想に反して誘いに応じてくれた。

食材は揃っていたので、家事魔法ですぐに調理を開始する。

野菜を洗い終え、包丁がいつものように手際よく野菜を切り始める。

トントントン……

「幼いころ、母上が食事を作るところをこうやって見ていたことを思い出すな。この包丁の音が何だか懐かしく感じてしまう」

無表情で無口なはずのローランドが、穏やかな表情で話している。ローランドはきっと、平民のお母さんと平凡ながらも幸せに暮らしていたに違いない。

「包丁で野菜を切る音は、私にとっても幼い頃を思い出させる音ですわ」

包丁が野菜を切る音は、私も嫌いじゃない。お母さんが料理をしてくれたことを思い出す音だ。

私の場合は前世の時の話だけど。

ローランドは包丁や野菜、鍋などが魔法で動く様子を興味深そうに眺めていた。

「ローランド様。でき上がりましたので、ダイニングへどうぞ」

「ありがとう」

ソーセージと野菜たっぷりのポトフは、すぐにでき上がる。

普通なら野菜が柔らかくなるまで煮込むとなると、もっと時間がかかるはずなのに、魔法だとなんでこんなに早くでき上がるのだろう？　ただ早いだけでなく、野菜に味が染み込んでいて美味しく仕上がる。前世の圧力鍋より便利な魔法だ。

そういえば、ポトフはティーナの離乳食の時に重宝したメニューだった。王宮で好き嫌いしないで、食事をしてくれているといいけれど……

「野菜が柔らかく煮込んであって美味しい。優しい味付けだから、いくらでも食べられそうだ」

「たくさん食べていってくださいね」

ポトフは美味しいとは思うけど貴族が食べる料理ではないはずだ。なのに、ローランドは嬉しそうに食べている。

伯爵家の高級ソーセージが美味しいから、いつもより良い味にでき上がったからかな？

結局ローランドは今日もお代わりをしていた。

ローランドはその日から、毎日のようにお昼ご飯を食べに来るようになった。

そんな日々が続くとお互いに慣れてきて、ちょっとした身の上話くらいはできるようになっていた。

それでわかったことは、ローランドは伯爵家の使用人だった女性と伯爵の子供だということだ。

伯爵は平民暮らしをするローランド親子に生活費を援助してくれたので、生活は苦しくなかったが、ローランドの母が病気で亡くなってしまい、その後は祖父母と暮らしていたようだ。そして、ジョアンナの母が亡くなった後に、伯爵家に引き取られたらしい。

ローランドは私の一つ年上で、気付くと私を名前で呼んでくれるようになっていた。

「私は幼い頃、平民として母上と暮らしていたから、伯爵家の豪華な料理よりもリーゼが魔法で作ってくれるような、シンプルで家庭的な料理の方が好きなんだ」

前世で子持ち主婦だった私の胸が痛むようなことを言われてしまった。

「食べ慣れた味や食事は美味しく感じるものですわ。こんな料理でよければ、いつでも食べに来てくださいね」

「ありがとう。ところで、来週に父上と姉上が領地から帰ってくる」

「そうですか……」

「リーゼに聞きたいことがある」

ローランドは急に真顔になっていた。

「君は本当に王弟殿下の恋人なのか？　リーゼはこの先どうするつもりでいるんだ？」

冷静なローランドは、私を見て何か思うことがあったのだろう。

今の段階でローランドをどこまで信じていいのかわからないから、私を伯父様が助けに来る予定だとは話せない。でも、ほかのことは正直に打ち明けたいと思った。

「ジョアンナ様は私が王弟殿下の恋人だと勘違いされて、わざわざ私の家に訪ねてきました。私はそれは違うとお話ししたのですが、全く信用してもらえませんでした。私を王弟殿下の愛妾《あいしょう》として認める代わりに、王弟殿下とジョアンナ様が結婚できるようにと交渉したかったようです。そして、私は王弟殿下の愛妾《あいしょう》として躾《しつ》けるためだと言って、強引にこの邸《やしき》に連れてこられました。ですから、私が望んでこの邸《やしき》に来たわけではありません。早く自分の家に帰りたいと思っております」

その話をした瞬間、ローランドが悲痛な表情を浮かべる。

「姉上がすまない。私は王弟殿下の平民の恋人を姉上が保護してきたと聞いた時に、何かおかしいと思っていた。あの姉上が恋敵を保護するわけがないと。やはり強引に攫《さら》ってきたのだな」

「私の事情を理解してくださったなら、嬉しく思います」

「本当に申し訳ない。今すぐにリーゼが家に帰れるようにしてやりたいが、父上は王弟殿下とお近づきになりたいからと、リーゼを利用するために養子縁組までしてしまったな」

平民の私に頭を下げるなんて、ローランドはこの伯爵家で唯一まともな考えの持ち主のようだ。

「私は王弟殿下とはそのような関係ではありませんので、それが伯爵様にバレた時、どんな扱いをされるのか今から恐ろしいかぎりです」

「その時は私がリーゼを逃す。私では頼りないかもしれないが、何とかするからそんなに落ち込まないでくれ。それに最近の父上は、リーゼを本当の娘のように可愛がっているように見えるから、そこまで心配しなくても大丈夫かもしれない」

私なんかよりジョアンナと向き合ってくれないとダメなのに。

ジョアンナは愛情不足で、厄介なかまってちゃんにしか見えないのだから。

あのままでは、まともな縁談が来なくて苦労するよ。

ジョアンナにも、私の乳母のステラみたいな人が側にいてくれたら違っていたのかもしれない。

「私はいずれこの邸《やしき》から出ていく身です。私よりも孤独なジョアンナ様を気遣ってあげてください」

私の言葉に、ローランドが嫌悪感を露わにする。

「それは無理だ。母上が亡くなって悲しかったが、祖父母は私を可愛がってくれて幸せに暮らしていた。それなのに、伯爵家の跡取りとして教育するからと急にここに引き取られ、姉上からは愛人の子が伯爵家を乗っ取りに来たと目の敵にされ、ずっと嫌がらせを受けてきたんだ」

やはりローランドはジョアンナの最大の被害者のようだ。

だからジョアンナに嫌がらせをされた私に対して、同情的だったのかもしれない。

「ジョアンナ様は家族の気を引きたいだけなのかもしれませんね」

「あの姉上は理解できないし、関わりたくもない。私はこうやってリーゼの作ってくれた食事を食べながら、話を聞いてもらう時間が一番落ち着く。リーゼが王弟殿下の恋人でないなら、ずっとここにいてほしいと思ってしまう」

これは……、聞き方によっては告白のように聞こえなくはないけど、私の心は若いお姉さんとは違うから勘違いはしないわ！

前世でいうと、社会人の息子が母ちゃんの作ったご飯を食べながら、日頃の愚痴をこぼしているあの時間が落ち着くってことよね？　わかってますから！

私はローランドの胃袋を掴んだらしい。

ローランドは私にとって、可愛い息子や年の離れた弟のような存在になりつつあった。

「そう言ってもらえて、嬉しく思いますわ。食事を作ったかいがあります」

「私は本気で言っているんだ。明日の食事も楽しみにしている」


ローランドと打ち解けた頃、伯爵とジョアンナが領地から戻ってきた。

そのことで、この平和な離れの邸《やしき》に嵐がやってくる。

その日、私はいつものように家事魔法で食事作りをしていた。

今日のお昼は余ったパンでパン粉を作って、コロッケにしよう！

包丁が玉ねぎと人参をみじん切りにしていると、ここにはいないはずの人物の声が響く。

「……な、何なのよ？　包丁が勝手に動いているわ！　これが貴女の魔法なの？　こんな魔法、聞いたことないわ！」

久しぶりのジョアンナだった……

「ジョアンナ様、ご機嫌よう」

「何がご機嫌よう？　貴女、こんな魔法使えるなんて、バケモノなの？　気持ち悪いわ！」

今日もジョアンナ節は絶好調だ。この人の絡みは面倒なのよね。

「ジョアンナ様。このようなところに何か御用でしょうか？」

「はっ？　私は来ては駄目なの？　ローランドには、ここでの食事を許しているくせに！　貴女、アルベルト様という人がありながらローランドまで誑《たぶら》かしたわね？　許さない！」

「……はい？」

一方的に怒り出したジョアンナは、キッチンの中にある食器や鍋などの調理器具を私に投げつけてきた。

「ジョアンナ様、おやめくださいませ！」

ひぃー、危ない！

ジョアンナは癇癪持ちなの？　五歳のティーナの方がお利口さんよ！

しかもジョアンナのメイド達は、止めようともせずにただ傍観するだけ。

私の専属メイドの二人はジョアンナを必死に止めようとするが、二人とも強くは出られないようで効果はなかった。

その時、ジョアンナの投げた皿が私の額にガツッとあたり、床に落ちてパリーンと割れる。

痛っ……

「キャー！　リーゼ様、血が出ております」

血よりも額が普通に痛い。

中身はおばちゃんだけど、ジョアンナからの皿攻撃がショックで涙が溢れそうだ。

「何事だ？」

パニック状態のキッチンに突然低い声が響く。

その声はローランドだった。ちょうど昼食の時間だからこのタイミングで来たらしい。

「リーゼ？　頭から血が出ている！　こんなことをしたのは……、姉上ですね？」

あの無表情なローランドが憤怒の形相でジョアンナを睨みつける。

「この女はアルベルト様がいるにもかかわらず、ローランドまで誑《たぶら》かしているからよ！」

「ハァー。姉上、そんな意味のわからないことを言ってリーゼに怪我をさせるなんて。許されると思わないでください」

初めて聞くローランドの怒りを含んだ声だった。

そしてその怒りは、その場にいたジョアンナのメイド達にも向かう。

「お前達は姉上が奇行を繰り返しているのに、止めることもしないのか？　役立たずはクビだ。今すぐに出ていけ！」

「そ、それくらいでクビだなんて……」

「ローランド様。私達はずっとジョアンナ様にお仕えしてきましたのに、あんまりです！」

「ローランド、どういうこと？　貴方が勝手に決められはしないわよ。この二人は私のメイドなの！」

焦るメイド達とジョアンナ。

「私は愛人の子かもしれませんが次期当主だ。次期当主の私が決めたことは、たとえ姉上であっても逆らえませんよ。今まで姉上に散々虐げられてきましたが、姉上からすれば憎い存在だからと、ずっと我慢してきました。しかし、それは大きな間違いだったようだ。私の態度が姉上の愚劣な振る舞いに拍車をかけていたのですから。これからはこの伯爵家の次期当主として、姉上の愚挙を見過ごすようなことはいたしません」

ローランドは初めてジョアンナに反抗したらしい。

しかしローランドの話はジョアンナには通じないようで、私をギロリと睨みつける。

「貴女のせいよ。アルベルト様に愛されるだけで十分幸せなはずなのに……それなのに、ローランドとお父様まで私から奪うの？」

王弟殿下から愛されてないし、誰も奪っていませーん！

逆恨みは怖いから！

「おい、姉上を部屋に連れていけ！　姉上はリーゼに危害を加えるなという父上からの命令に背いた。また謹慎になるだろう。……いや、次は修道院だったか？」

「ローランド、貴方は姉の私よりもその女を優先するの？」

納得できないと言ったような感じで叫ぶジョアンナだが……

「ふっ！　私が伯爵家に引き取られた時に私を弟だと認めないと言い放った貴女が何を言っているのでしょうか？」

「ローランド！　貴方が変わってしまったのはあの女のせいね？」

ローランドがジョアンナを見る目は冷ややかだった。

姉弟仲がさらに最悪になってしまった瞬間だ。

ジョアンナは、私の見張りの騎士達に連行されていった。

額から流血しテンションが下がっている私の横で、家事魔法によるコロッケ作りは順調に進んでいたようで、気付くと美味しそうにでき上がっていた。

久しぶりのコロッケを楽しみにしていたのに、最悪の気分だ。

「リーゼ……、大丈夫か？　すぐに手当てしよう。歩けるか？」

ローランドは流血する私を見て、顔色を悪くしている。

「メイド達がいますから手当ては大丈夫です」

「いや、私にさせてくれ！　本当にすまない。君に怪我をさせてしまうなんて……」

さっきまでジョアンナを睨みつけていたとは思えないほど、今のローランドは弱々しい表情だ。

「私は大丈夫です。それよりジョアンナ様ですわ。先程、ジョアンナ様は〝ローランドとお父様まで私から奪うの？〟と言っていました。ジョアンナ様は不器用でどのように振る舞っていいのかわからないのでしょうが、本当はローランド様や伯爵様と仲良くなりたいのだと思います。それが上手くいかなくて、いきなり現れた余所者《よそもの》の私がローランド様や伯爵様と仲良くしていたから、面白くなかったのでしょう」

「わからなくもないが、そんなリーゼをここに攫《さら》ってきたのはほかでもない姉上だ」

鋭いツッコミだった。

「そうですね……ローランド様、申し訳ありません。私は本当に平気ですから、少し一人にしていただけませんか？」

「わかった……」

メイドの二人が侍医を呼んでくれたので、すぐに額の傷の治療をしてもらえた。

出血していたので額に包帯をグルグル巻かれてしまい、事情を知らない人が見たら酷い怪我をしたかのように見えてしまいそうだ。

こんな傷があったら王宮の茶会に行くのは無理だから、伯父様の計画は変更してもらうしかなさそうだ。

商会長さんの店で仕立ててもらったドレスもムダになってしまい、残念な気持ちになる。

額に傷がある私を伯爵は傷モノになって使えないからと追い出すか、殺そうとするかもしれない……

生きていくって大変だ。

何となく落ち込んでいたが、その数時間後、監禁生活は突然終わりを迎える。

侍医からしばらく安静にするようにと言われた私は、何もやる気が起こらなかったこともあり、ベッドに横になって眠っていた。

どれくらい眠っていたのかはわからないが、部屋の外が騒がしくなって目が覚めてしまう。

ガチャッとドアが開く音がしたと思ったら複数の人が部屋に入ってきて、私はハッとする。

「エリーゼ・クリフォード侯爵令嬢ですね？」

「……え？」

「私達は王宮騎士団です。クリフォード侯爵令嬢が誘拐され、こちらに監禁されていると情報を得て救出にきました。お怪我をされているようですね？　大丈夫でしょうか？」

「……」

なぜ王宮騎士団が来ているのか、寝起きの私には理解できなかった。

「殿下、こちらでクリフォード侯爵令嬢を発見いたしました！」

私に話しかけてきた騎士が、廊下の方に向かって〝殿下〟って呼んでいる。その直後……

「リーゼ！」

騎士の呼び掛けで、私のいる部屋に駆けて入ってきたのは、今回の拉致《らち》監禁事件のきっかけになった、腹黒の王弟殿下本人だった。

「……」

急展開すぎたことや、寝起きでまだ頭がスッキリしていなかったせいもあり、何が起きているのかの理解が追いつかずに私は絶句した。

「殿下。クリフォード侯爵令嬢は怪我で寝込んでいたようでして、まだ意識がはっきりしていないように見受けられます」

騎士からの話を聞いた王弟殿下は、悲痛な表情で私を見つめている。

「なんてことだ……。こんなに酷い怪我を負わされたのか？　リーゼ、助けに来るのが遅くなってしまい、すまなかった。辛かっただろう……」

あの腹黒がベッドに横になる私に跪いて手を握っている。

ちょっと近すぎない？

「リーゼ、顔色が悪い。監禁だけでなく、怪我まで負わされて可哀想に。あの女に虐待されたんだな？　昔から大嫌いだったが、ここまで酷い女だったとは！」

綺麗な王弟殿下の顔が、一瞬にして鬼の形相に変わる。

これは……、殺気なの？

「ひっ……、ち、違います。こ、これは……」

「恐怖からパニックになっているようだな。もう大丈夫だ。私が助けに来たからな！」

包帯グルグルの額に寝起きで血色の悪い顔、さらにすごい迫力で怒る王弟殿下を見てビビる私……。

そんな私を見て、王弟殿下は大きな勘違いをしていた。

第三章　私の新しい家族

王弟殿下のいつもの腹黒らしからぬ態度に、私は驚きしかなかった。

「リーゼ、行こう！」

「……どちらに？」

私の話など全く聞く気がないようで、王弟殿下は寝起きの私をヒョイッと抱える。

これって……、お姫様抱っこ？

「自分で歩けますから大丈夫ですわ！」

「ダメだ。怪我をしているリーゼを歩かせるなんてできない」

「これは大した怪我ではありません。私は元気ですから！」

「ダメだ！」

こんな姿をジョアンナに見られたら……

逆恨みされたくない私は、必死に自分で歩きたいことを訴えるが、王弟殿下は気にすることなく私を抱き抱えてスタスタと歩き出した。

王宮騎士団の騎士達は、そんな私達を気まずそうな目で見ている。

あっ！　今、騎士達から目を逸らされた！

部屋の外に出ると、私の専属メイド二人と見張りの騎士達が王宮騎士団の騎士達に囲まれて聞き取りをされている姿が見えた。

「リーゼ様！」

王弟殿下にお姫様抱っこされている私に気付いたメイド達は私を呼ぶ。

「ち、違うの！　これは何でもないのよ。王弟殿下は私が大怪我をしていると勘違いしているの！」

怖いからジョアンナには言わないでね、と軽いパニック状態のまま言い訳する。

「リーゼ様、お助けくださいませ！」

あ、そっちか……

「殿下、使用人達は何も悪くありません。あのメイド達は私に親切にしてくれましたわ」

「使用人達には聞き取りだけだから大丈夫だ」

「……だそうよ！　今までありがとう。お世話になりました」

もうこの邸《やしき》には来ないと思うから、メイド達にお礼を伝える。

「リーゼ様、お幸せにー！」

「幸せを祈っておりますわー！」

あの二人、あんなに目をキラキラさせて絶対に何か勘違いしているわ……

殿下に抱えられたまま離れの邸《やしき》から外に出ると、伯爵とローランド、ジョアンナが騎士達に拘束されていた。

「殿下。三人を拘束いたしました」

「ご苦労！　この後、三人に事情聴取をするから騎士団に連行してくれ」

「はい！」

ジョアンナは悪いヤツだけど、ローランドは何も悪くないのに。伯爵は初めは脅してきたけど最近は優しかったし……

「殿下！　ローランド様は何も悪くないですわ。何も知らなかったようですし、とても親切にしてくださっ……」

「ローランド……様？　リーゼ！　君はオルダー伯爵令息と仲良くしていたらしいが、君を誘拐した者の家族だ。事情聴取は受けてもらう」

「ひっ！」

殿下が激怒する意味がわからなかった。

その時、あの女の叫び声が聞こえてくる。

「アルベルト様ぁ！　その女は貴方という人がいながら、ローランドとも親密にしていた浮気者ですわ。目を覚ましてくださいまし！」

私はこの腹黒と恋人じゃないって言っているのに！　王弟殿下は機嫌が悪いから、余計なことを言わないでよ。

「オルダー伯爵令嬢。黙れ、この罪人が！　お前に名前で呼ぶことを私は許可していない。よくもリーゼを攫《さら》って監禁し、怪我まで負わせてくれたな！　罪はしっかり償ってもらう」

ジョアンナに雷が落ちた瞬間だった。

「クリフォード侯爵家の令嬢であるリーゼにここまでのことをしたんだ。許されると思うなよ！　リーゼ、侯爵が待っているから、早く侯爵家に帰ろう」

「あの平民女が侯爵令嬢？　嘘よ！　アルベルト様ぁー、行かないでくださいまし！」

オルダー伯爵やローランドは諦めたような表情なのに、ジョアンナだけは騎士に拘束されていてもめげずに叫んでいる。

これだけジョアンナから執着されたら嫌になるかもしれない。

ジョアンナが取り乱す背後で、ローランドが悲しげな目でこっちを見ていた気がした。

私が本当のことを話さなかったから傷付けてしまったかもしれない。

ジョアンナを冷たく睨みつけた殿下は私と一緒の馬車に乗り込み、そのまま馬車は走り出した。

王都にあるクリフォード侯爵家のタウンハウスに無事に到着して、その時になって初めて自分の靴がないと気が付いた。ベッドから直接、王弟殿下にお姫様抱っこをされて靴を履かなかったからだ。

元気だから自分で歩くと言ったのに、靴を履いていないから抱きかかえると言って聞かない王弟殿下の暴走は止められず、私はお姫様抱っこで侯爵家の応接室に連れていかれた。

「殿下、怪我をしたからといって、殿下が直接エリーゼを抱える必要はないかと。そのような姿を誰かに見られたらまた変な噂が流れ、エリーゼが苦労することになってしまいます」

伯父様、もっとこの腹黒殿下に言ってやってください。

「侯爵！　リーゼは私のせいで怪我をしたのだから、これくらいするのは当然だ。つまらぬ噂話が流れるようなら、今後はすぐに火消しをするから気にするな」

私は噂を気にしていますが！

「エリーゼ、大変な思いをさせて申し訳なかったな。怪我は大丈夫か？　全部この殿下が悪いからな。……ところでエリーゼを攫《さら》って監禁までしたオルダー伯爵令嬢は、今後は裁判以外で会うことはないだろうから安心しなさい」

「伯父様！　私は伯父様が助けに来てくださるのをずっと待っていたのです。ジョアンナに嫌がらせをされたり、オルダー伯爵に殺すと脅されたりしましたが、伯父様の助けを信じ、ひたすら我慢していました。それなのに……、迎えが遅すぎです！」

私としては、目立ちすぎる王弟殿下に迎えに来られるより、無難に伯父様に来てもらいたかった。

「エリーゼ、本当にすまない……」

「侯爵！　やはりリーゼは辛い毎日を過ごしていたではないか。だから私はすぐに助けに行きたいと言ったのだ！　しかもあの女だけでなく、オルダー伯爵から殺すとまで言われたのか？　オルダー伯爵……あの狸、絶対に許さない！　リーゼ、本当に申し訳なかった。私は君に償いたい。どうすれば許してくれる？」

「……」

私の話を聞き、激しく怒り出したかと思えば、必死になって謝る王弟殿下。感情の起伏が激しくてついていけない。

伯父様、この腹黒を何とかしてくれませんかという意味を込めて、私は伯父様をジーッと見つめる。

「殿下。エリーゼに償いたいというお気持ちだけいただきます。あとは変な噂にエリーゼが巻き込まれないように配慮してくだされればありがたいですね。取り調べがあるでしょうから、そろそろ王宮騎士団に向かわれては？　私はエリーゼに付いているので、殿下は取り調べをよろしくお願いします」

伯父様は意を汲んでくれたようだ。

「わかっている。リーゼ、裁判が終わったら王家専属の治療師に怪我を治してもらうようにする。それまで我慢してほしい。本当に悪かった。私はこれで失礼する」

伯父様に促されて、王弟殿下は騎士団に向かっていった。

「エリーゼ。殿下とは内緒で付き合っていたのか？　殿下はエリーゼを相当好いているようだし、いつもは冷静で優秀な方なのに、エリーゼに対しては感情的で余裕が見られないというか……殿下にあんな一面があったのかと驚いてしまった」

そんなことを聞かれて恥ずかしくなったが、これはハッキリ答えないとわかってもらえない。

「伯父様。私達はそのような関係ではありませんわ。王弟殿下は王女殿下の手紙を私に届けてくださっただけです。私にはそのような感情は全くありませんので、伯父様がもし変な噂話を耳にされたなら、全力で否定してくださると助かります」

「しかしエリーゼ、手紙を届けるだけならわざわざ王弟殿下本人が来る必要はない。誰か信用のできる者に頼めばいいだけだ。殿下はエリーゼに会いたくて行っていたのではないのか？」

「それはありませんわ！　私は殿下のお名前さえ知らず、突然やって来て、食事をねだる面倒な人としか思っていませんでしたから」

伯父様は私達の関係を疑っている。どこをどう見ても、恋人同士のような雰囲気はないのに。

「わかった。私はエリーゼを信じる。そんなに怒らないでくれ」

「……はい」

その後、クリフォード侯爵家でのんびり過ごす日が続いていた。

伯父様は拉致《らち》監禁の被害者である私に気を使ってくれているのか、煩《うるさ》いことや厳しいことは言ってこない。それなりに快適な生活を送っている。

そんな生活に慣れた頃、伯父様から裁判の話をされた。

ジョアンナは侯爵令嬢の拉致《らち》と監禁と傷害罪で、国外追放にされると言われているらしい。

伯爵もジョアンナと一緒に私を監禁していたから、爵位を剥奪される可能性があるとか。

「伯父様、少し厳しすぎませんか？　国外に追放されたら、普通の貴族令嬢は生きていけませんわよ。それに爵位を剥奪されたら、オルダー伯爵令息はどうなるのです？　あの方は何も知らなかったですし、私を助けてくれましたのよ。あの方もジョアンナの被害者の一人ですわ」

「エリーゼ。爵位の上の侯爵令嬢に手を出したのだから、刑が厳しくなるのは当然だ。今回の事件は国王陛下と王妃殿下がかなりご立腹だ。王弟殿下も厳しい刑を求めているし、他の貴族からもエリーゼに同情する者が多い。オルダー伯爵家は取り潰しになるだろう」

前世と比べてなんて厳しいの？　ちょっとした拉致監禁《らち》に、軽く額を切るくらいの傷害で死刑に近い刑を求刑されて、実家まで潰されるなんてありえない。

この世界には、日本の弁護士さんの転生者はいないの？

「伯父様、ジョアンナは悪役みたいな人に見えますが、親の愛情に飢えた可哀想な人なのです。国外追放は死ねと言っているようなもの、あまりにも可哀想ですわ。修道院でお願いします！　神様に日々祈りを捧げ、今までの自分の行いを反省してくれたなら、私はそれで十分です」

「あの令嬢は元々評判は悪かったし、立派な悪党だ！　エリーゼ、あのオルダー伯爵を見て自分の両親を思い出し、オルダー伯爵令嬢に同情しているのかもしれないが、あの女にそんなものは必要ない」

伯父様は侯爵家当主なだけあって、優しそうに見えて厳しいところもあるようだ。

「伯父様、私が嫌なのです。私はオルダー伯爵家の取り潰しも望みません。令息が気の毒です！　せめて代替わりにして、オルダー伯爵には領地で無期限の謹慎でもしてもらえばいいのではないですか？　オルダー伯爵の派閥が政敵なら、代替わりしたばかりの若いオルダー伯爵の後見人に伯父様がなってあげればいいのです！　上手くやれば、伯父様の派閥に引き込めるかもしれませんわよ。令息は真面目ないい人ですから、伯父様と仲良くできるはずです」

私のメチャクチャな熱弁に伯父様が目を細める。

「エリーゼはなかなか面白いことを言うな。確かにオルダー伯爵のいる派閥は私達の政敵だ。伯爵が令息に爵位を譲り、領地から二度と出てこなくなるなら問題ない。オルダー伯爵令息は、まだそこまで貴族派閥に染まっていないようだし、新しい伯爵はまだ若くて未熟だから、監禁中のエリーゼを助けてくれた恩を返したいという理由で私が後見人になる……わかった。私から国王陛下に相談してみよう」

言ってみるもんだわ！

オルダー伯爵家のメイド達やローランドはいい人だったから、取り潰しだけは嫌だった。

「伯父様、ありがとうございます」

「エリーゼ。一つだけ気になったから言っておく。オルダー伯爵令息を真面目ないい人で私と仲良くできると、外では絶対に言ってはダメだ。まるで娘から恋人を紹介される時に言われる言葉だ。知らない人が聞いたら勘違いする。特に王弟殿下には言わない方がいい。厄介なことになりそうだ」

なぜあの腹黒が出てくるの？

「伯父様、王弟殿下と私は何の関係もないと言っています！」

「わ、わかった！　ただ、気を付けるようにな」

「わかっています」

裁判の数日前、クリフォード侯爵家の領地から伯父様の奥様が来られた。私の義理の伯母になる方だ。

「エリーゼ、私の妻のグレースだ」

「グレースよ。私のことはお義母様と呼んでちょうだい。貴女をリーゼと呼んでもいいかしら？」

「エリーゼです。どうぞよろしくお願いいたします。私のことはリーゼとお呼びください」

夫人は柔らかな雰囲気で可愛らしい。

優しそうだけど、伯父様が二面性のある方だから夫人も計算高い人なのかな？

「私達は親子になるのだからあまり堅苦しくしないでね。それよりも、リーゼは若い頃のアンジェラによく似ているわ」

「……自分でもそう思います。母のことですが、大変申し訳ありませんでした」

「貴女が悪い訳ではないのだから謝らないで。アンジェラは昔は良い子だったのよ。不幸な結婚であんな風になってしまっただけなの」

前も伯父様がそんなことを言っていたが、娘から見てもあの毒父と結婚して幸せになれないのはわかっているから驚きはしない。

しかし、私から見たらあの母も相当だったから、毒母の良い子だった頃なんて全く想像できない。元々どんな性格だったのか非常に気になってしまう。

「お義母様、その話、とても気になっていました」

「今は裁判前だから、落ち着いたらいつか話すわ。それよりも、その額の包帯の下はどうなっているのかしら？　女の子の顔に傷を作るなんて、オルダー伯爵令嬢は本当に酷いことをしたのね。リーゼはよく耐えたわ」

上手く話を変えられてしまった。毒母の昔話はそこまですごい話らしい。

「傷は大したことはありませんわ。もう包帯は要らないと思うのですが、一応巻いておくようにと言われていまして」

「そうね。裁判で周りから同情を引くためにも、包帯は巻いておいた方がいいわね。そういえば、私達には息子がいることは聞いているかしら？」

伯父様から少しだけ話を聞いてはいたが、まだ顔は合わせていなかった。

「はい。伯父様から話は聞いています」

「リーゼ。伯父様ではなくて、お義父様と呼ぶのよ」

「あっ、申し訳ありません」

「気を付けてね。それで私達の息子なのだけど、オスカーといって王宮で文官をしているわ。リーゼより年上になるから義兄になるわね。普段は寮で生活しているから、裁判の時は現地で会うことになると思うわ。ただ……、オスカーは癖が強いのよ。無理に仲良くなろうとしなくていいわ。私ですら嫌になることがあるくらいだから」

癖が強い？　実の母親ですら嫌になる？

関わらないの一択ね。面倒な人は避けるのが一番よ。

「わかりました。これ以上迷惑を掛けないように注意いたします。お義母様、ご指導よろしくお願いいたします」

「もちろんよ。それと、私や旦那様とは仲良くしてちょうだいね。うちには女の子がいないから、リーゼが娘になってくれて嬉しいのよ」

「はい。私もお義母様とお義父様と仲良くできたら嬉しく思います」

そして裁判当日、お義母様は私に紺色のドレスを着せてくれた。シンプルだけど、清楚な雰囲気で私好みだ。

「リーゼ、このドレスはウォーカー商会の会長からプレゼントとして届けられたものよ。最高級の生地を使って、上品なデザインで素晴らしいドレスだわ。裁判に着るのにちょうどいいわね。今度、我が国で売り出す新作の生地らしいわよ」

新作の高級な生地？　商会長さんはこんな時でも太っ腹なのね。しばらく会ってないけど、商会長さんの優しさが身に染みる。

「素敵なドレスでとても嬉しいです。裁判が終わったら、商会長さんにお礼の手紙を書くつもりですわ」

「手紙を書けば商会長は喜ぶわね」

ドレスは素晴らしいが額に包帯を巻いている私は凝った髪型にすることが難しく、パールとダイヤモンドの髪飾りでゆるく留めるだけの髪型になった。

貴族裁判は王宮で開かれるらしく、お義父様、お義母様と馬車で向かい、控室に案内される。

「あら、オスカー。もう来ていたの？」

控室に入ると、すでに義兄らしき人物がソファーに座っていた。

義兄はお義母様と同じチャコールグレーの髪に、ヘーゼルの瞳、メガネの似合うお役人風の堅苦しい雰囲気を持つ美丈夫だった。

「ええ。大切な裁判だから早く来るようにと言ったのは母上ですよね」

久しぶりの親子の会話だろうに、義兄は笑いもせずに淡々と話す。

「その通りね。リーゼ、紹介するわ。息子のオスカーよ」

「エリーゼと申します。どうぞよろしくお願いいたします」

私が挨拶すると、義兄からは底冷えしそうな視線を向けられる。

「オスカーだ。君の話は父から聞いている。見目好しで王弟殿下に気に入られたからといって、貴族社会を侮ると痛い目に遭うから気を付けた方がいい。うちの家門に泥を塗るようなことをしたらすぐに出ていってもらうから、そのことを肝に銘じるように」

初対面からぶっ込んできたわ。こういう人、時々いるよね。

「承知しました」

面倒な人とは必要以上に話をしないのが一番だと考え、従順そうに振る舞って最低限の返事をした。

しかし、ここで横から低い声が聞こえてくる。

「オスカー……、貴方のその言い方は何とかならないのかしら？　リーゼは家族になったのよ」

お義母様は静かに怒っているようだ。

「家族だから言っているのです。この女が何かをやらかせば、我が家門の問題になるのですからね。家族として注意しているのでご理解ください」

私はこの男とは関わらないのが一番だと確信した。

「リーゼ、ごめんなさいね。オスカーは小さな頃は可愛い子だったのだけど、社交をする年齢には

こうなっていて、令嬢には誰に対してもこんな見下したような態度なの」

「お義母様。オスカー様の言うことは（イラッとするけど）至極当然かと思いますので、気にならないでください」

「……なぜ私を名前で呼ぶ？　お義兄様と呼ぶように」

……はい？　初対面でお義兄様って呼んだら、お前なんて義妹だと認めないとか怒られそうな気がしたからわざわざ名前で呼んだのに。

「お義兄様。失礼いたしました」

「わかればいい」

こんな人が義兄？　面倒な絡みをしてくる職場の上司みたい。

お義父様が侯爵位をこの人に譲る日までに、侯爵家から何とか脱出した方が良さそうだ。

「オスカー、いい加減にしないか！　エリーゼはこれから裁判を控えているんだ！　義兄のお前はエリーゼを気遣うことすらできないのか？」

「無理よ……。オスカーが気遣いの言葉を掛けている姿なんて想像できないし、考えただけで恐ろしいわ。オスカーは一生結婚できないかもしれないわね。その時はリーゼに婿を取ってもらって跡を継いでもらおうかしら」

「まったく！　何でこんなひん曲がった性格になってしまったのだろうな……エリーゼ、無理にオスカーと話を合わせなくていい」

このような場で軽い親子喧嘩のようになってしまった。

コレって私のせいだったりする？　ますます気まずいわ。

最悪な雰囲気のまま裁判の時間になり、前世で言う法廷のような広い部屋に案内される。

傍聴席はこの国の貴族らしき人達で埋め尽くされている。私達の入場を見て騒つき、会場中の視線が私に集まっているように感じた。

すでに社交界には私は元ステール伯爵家の令嬢で、今の義両親の姪だと噂話で流してあるらしい。

この国では血筋を重んじる人が多く、侯爵家の庶子だと噂されるよりは、没落した元名門伯爵家の一人娘だとはっきりと知ってもらった方が良いだろうと義両親は判断したようだ。お義父様やお義母様の名誉を守るためでもある。

そして、今回の裁判で世間に公表される内容については、事前にお義父様から説明されていた。

〝体が弱く領地や港町でずっと療養していたクリフォード侯爵令嬢が、お忍びで散歩をしていた時にオルダー伯爵令嬢と偶然出会い、平民だと勘違いしたオルダー伯爵令嬢に暴行され、そのまま攫《さら》われてしまった。

クリフォード侯爵家は行方不明になった令嬢の捜索を騎士団に依頼。その後、オルダー伯爵家の離れに監禁されていた令嬢を騎士団が救出した〟という内容だが、なかなか無理な設定なのではないかと思ってしまう。

ジョアンナが私は港町で自由な平民生活を送っていて、王弟殿下と密会していたとか裁判で言い出しそうでコワイ。

不安で胸いっぱいの私だったが、反対に義両親や義兄はなぜか余裕綽々《しゃくしゃく》にしていた。

私達の後に法廷に入ってきたのは、この国の裁判官らしき人物四人と国王陛下だった。

陛下はあの王弟殿下に顔立ちが似ているが、年の差が十歳以上あるように見えた。カッコいい大人の男って感じの方だ。貴族裁判の裁判長は国王陛下らしく、正面の真ん中の席に座る。

その後、ジョアンナとオルダー伯爵、ローランドがそれぞれ入廷。

一目見て、あのジョアンナが弱り切っているのがわかった。

私がジョアンナを見ている間に王宮騎士団長が事件の経緯の説明とジョアンナの罪状を読み上げる。この国の騎士団は、検察みたいな役割も担っているようだ。

王宮騎士団長の説明を終えた後、国王陛下の威圧感のある声が響く。

「ジョアンナ・オルダー。お前は、亡き我が妹、マーガレットの娘クリスティーナ王女の命の恩人である、エリーゼ・クリフォード侯爵令嬢を一方的に僻《ひが》み、令嬢の身分が平民だと思い込んで拉致《らち》監禁、さらには傷害を加えたことを認めるか？」

陛下はこの場で、私とティーナの関係まで話している。

そんな中、私がジョアンナが何を言い出すのかとハラハラしながら見ていると……

「認めます。大変申し訳ありませんでした」

あのジョアンナが素直に罪を認めて謝罪しているが、あんなに弱々しく罪を認めるなんて信じられない。

「ほう……。あの悪名高きジョアンナ・オルダーが、素直に罪を認めるのだな？」

「はい。本当に申し訳ありませんでした」

「ジョアンナ・オルダー、この場で何か言いたいことはあるか？」

ジョアンナ、余計なことは言わないでよ……

私の緊張が最高潮に達したその時、ジョアンナが私達の方を見つめたのでビクッとした。

「クリフォード侯爵家の皆様、そしてクリフォード侯爵令嬢。大変申し訳ありませんでした。私が言いたいことは以上です」

た、助かったー！

ジョアンナが素直に罪を認めた後、陛下はオルダー伯爵に罪状の確認をする。

伯爵は脅迫と養子縁組の偽装、ジョアンナの監督責任を問われてあっさり罪を認める。

ジョアンナも伯爵も、素直すぎて怖いくらいだった。

私が一番心配していたローランドは、今回の拉致《らち》監禁に直接関わっていなかったことや怪我をした私を助けようとしてくれたことが考慮されてお咎めなし。

ジョアンナは離島の修道院に送られることが決まり、伯爵は代替わりと領地での無期限の謹慎を命じられる。

お義父様が陛下に上手く話をしてくれて考慮されたようだ。しかし、傍聴席にいた貴族達は納得できないという反応だった。

「侯爵令嬢を誘拐し、怪我までさせておいて軽すぎないか？」

「刑罰が軽すぎる。伯爵は鉱山送りになると思っていた」

「オルダー伯爵令嬢は今までも散々やらかしていたのに、修道院に行ったところで反省なんてするようには思えないわ！」

この国の感覚からすると、この刑罰は軽すぎるらしい。

そんな時、あの威厳のある声が響く。

「ジョアンナ・オルダーには国内一厳しい離島の修道院に行ってもらう。脱走は不可能で寒くて監獄のような場所だ。まだ若く、贅沢と我儘《わがまま》しか知らない彼女にとって、残りの人生をそのような場所で過ごすことは、生き地獄のようなものだろう。何よりもクリフォード侯爵家が、ジョアンナ・オルダーと伯爵の減軽、まだ年若い時期当主であるローランド・オルダーの今後を配慮してほしいと望んでいるのだ！」

シーン……法廷内が一瞬にして静まり返る。

そんな中、私は陛下の男気にやられてしまった。

陛下はなんてカッコいいの！

実は、私は前世で渋めな俳優さんやイケオジが好きだったのだ。

陛下は三十代後半くらいでまだ若いのに、あの貫禄とよく通るセクシーな低い声で、まるで銀幕スターのよう。そんな国王陛下を見た私は、一瞬でファンになってしまった。

その後、裁判はあっさりと終わり、私達は控室に戻る。

「エリーゼ、大丈夫だったか？　随分と緊張していたように見えたぞ」

緊張を顔に出したつもりはなかったが、今後は気を付けないといけない。貴族社会で弱みを見せたら生きていけないのだから。

「お義父様、ご心配をおかけしました。実は、ジョアンナが裁判で余計なことを話し出すのではないかと不安だったのです。私が王弟殿下の恋人だとずっと思い込んでいたようですし」

「それは大丈夫だ。実はオルダー伯爵令嬢には、刑を軽くしてもらえるように陛下に頼んでやるから、裁判で余計なことを喋らないようにしてほしいと取引を持ちかけたんだ。国外追放なんて、死ににいくようなものだから嫌だと言っていたが、国内の修道院にしてやると言ったら喜んでいたぞ」

「……お義父様はジョアンナに会ったのですか？」

「ああ、王宮の地下牢に行ってきたからな。ギャーギャー煩《うるさ》かったが、命を助けてやってもいいと言ったらすぐに黙った」

お義父様は、地下牢にちょっと遊びに行ってきたみたいな言い方をしている。

「オルダー伯爵も鉱山送りやお家取り潰しになるのではと落ち込んでいたが、令嬢と同様の取引を持ちかけると、伯爵家を助けてくれるなら令息の代からは派閥を変えてもいいとまで言っていた」

「それは良かったですわ」

「私が後見人になることを令息本人は受け入れてくれたし、貴族派の牽制になるからと陛下はとても喜んでいた。オルダー伯爵令嬢も伯爵本人も、刑罰を軽くしてほしいとエリーゼが望んでいると伝えたら、目を潤ませていた」

二人があっさりと罪を認め、謝罪の言葉を口にしていた理由がわかりホッとする。

「全てお義父様のおかげですわ。ありがとうございました」

「それくらいはお安い御用だ」

「リーゼ、今日は好奇の目に晒されながらも、よく頑張ったわね」

「それは、お義父様とお義母様が一緒で心強かったからですわ」

無事に裁判を終えて、私達は三人で楽しく会話していたのだが、

「……ふん。何がお義父様とお義母様が一緒で心強いだ？　あの王弟殿下だけでなく、うちの両親に取り入るのも早いようだな」

その瞬間、控室にお義母様の声が響いた。

「オスカー、言葉を慎みなさい！」

面倒な絡みをしてくる義兄にお義母様が激怒していると、治療師の男性と王宮のベテラン侍女らしき女性が来てくれた。

侍女が私の包帯を取ってくれた後、治療師が傷口に手をかざして治癒魔法をかけてくれ、あっという間に治療が終わる。

治療師の男性が控室を出ていった後、侍女が口を開く。

「お髪を整えさせていただきます」

「お気遣いありがとうございます。旦那様とオスカーは部屋の外で待っていてくれるかしら？」

「ああ。オスカー行くぞ」

「……はい」

義兄はまた何かを言いたそうな顔をしていた。

もう裁判は終わったのだから、さっさと寮に帰ればいいのに……

侍女は髪の毛をサイドで緩くまとめ、来る時につけてきたパールとダイヤの髪飾りで纏めてくれる。

そして持ってきたバッグの中から箱を取り出し、蓋を開け、中身を私とお義母様に見せてくれた。

こ、これは……

「こちらは、王妃殿下からクリフォード侯爵令嬢にプレゼントでございます」

「何て素敵なパールなのかしら！　こんな素晴らしい物を王妃殿下からいただけるなんて、リーゼは幸せね」

お義母様の言動には〝遠慮なく黙って受け取りなさい〟という意味が込められているようだ。

箱の中には粒が大きな、いかにも高級品って感じのパールのカチューシャが入っている。

前世なら子供用の物が数百円で売っていたけど、この世界だからありえないほどの金額の高級パールに違いない。

「こっ、このような素晴らしい物を王妃殿下からいただけるなんて、とても光栄なことですわ。王妃殿下には私が心から感謝していたとお伝えくださいませ」

私の言葉を聞いた侍女はにっこり微笑む。

「畏《かしこ》まりました。王妃殿下には、私からそのようにお伝えさせていただきます。早速、こちらを着けさせていただきますね」

「ぜひお願いしますわ。リーゼ、本当に良かったわね」

こんな高級品を頭に着けたら、中身庶民の私は緊張で頭痛を起こしてしまうわよ。

「できました。とてもお似合いですわ！　鏡で確認してくださいませ」

「ありがとうございます」

鏡には包帯の取れた私と、前世ならどっかの国の王族とか大女優とかが着けてそうな、高級パールが映っていた。

「リーゼによく似合っているわぁ」

「ええ。色白の御令嬢にこちらのパールは大変お似合いです」

間違いなく、私よりもお義母様が喜んでいる。

その後、陛下と王妃殿下から食事に誘われていると告げられた私は、目も合わせたくない義兄から手を差し出されていた。

何なの？　怖いんだけど……

「エスコートだ！　義妹のエスコートもできない男だと、私に恥をかかせるつもりか？」

確かにお義父様はお義母様をエスコートして歩いている。これで私達が離れて歩いていたら、不自然に見られるだろう。

何よりも、王宮は義兄の職場だから人目を気にしているのかもしれない。

「よろしくお願いいたします」

王宮内をしばらく歩くと、警備の近衛騎士がたくさんいる場所に到着する。どうやら王族のプライベートな場所のようだ。

そんな時、聞き覚えのある声が聞こえてくる。

「お姉様、会いたかったー！」

声のした方を見ると、そこにはフワフワのピンクのドレスを完璧に着こなし、天使なのか妖精なのかわからないほどに可愛い、小さなプリンセスがいた。

「お姉様ー！」

侍女を数人引き連れたティーナは、そのまま駆けて来る。

ずっと会いたかった。でも身分が違うから、もう会うことはないだろうと諦めていた。

だからその姿を見つけた私は、涙が出そうなほど嬉しかったのだけど……

「王女殿下……、うっ！」

あの頃と変わらず、勢いよくドスッと私に抱きついてくるティーナ。ちょっとしたタックルのようだ。

しかしあの頃とは違って、今の私の服装は動きにくいドレスにハイヒールの靴。平民生活が長かった私は、まだその服装に慣れていない。

よろけそうになる私を、義兄がすぐに気付いてくれてしっかり手を掴んでくれた。

ティーナとはしばらくぶりに顔を合わせるから、恥ずかしがってしまうかもと不安があったが、お喋り大好きお姫様に、そんな心配はいらなかったようだ。

「今日のお姉様、可愛い。お姫様みたいだわ！」

私のドレス姿を初めて見たティーナは、とても喜んでいる。

でも、ティーナが一番可愛い！　思わず顔がほころんでしまう。

「ありがとうございます。でも、王女殿下が一番可愛いですわ。ピンクのドレスも大きなリボンも、とってもお似合いです」

私が可愛いと言うと、ふふっとわかりやすく嬉しそうに笑うティーナ。しかし、私と一緒にいる義兄の存在に気付くとすぐに義兄に興味を持つ。

「お姉様、そちらはどなた？　もしかしてお姉様の王子様かしら？」

私が義兄にエスコートされていたのを見て、何も知らないティーナは大きな勘違いをしているようだった。純粋なティーナは、この偏屈男が私の王子様に見えるらしい。

「こちらは私の義兄ですわ」

「王女殿下、お初にお目にかかります。私はエリーゼの義兄で、オスカー・クリフォードと申します」

義兄は小さなティーナの前で跪いて挨拶をしている。

この男、外面が良すぎない？

相手が王女殿下だとそんな風に笑顔になれるのね。

ティーナ、騙されないで！　この男は偏屈よ。

「お姉様にお兄様がいたなんて知らなかったわ」

ティーナは澄んだ青い瞳で、ジーっと義兄を見つめている。

その調子よ！　知らない男は警戒しないとダメ！

身分が高くて可愛すぎるティーナは、いろいろな男が寄ってくるから気を付けないといけないの。

「本当にお姉様のお兄様？　王子様じゃないの？」

ハァー、そっちを疑っていたのね……

ティーナは王子様やお姫様の本をよく読んでいたから、そういうことに憧れがあるのかもしれない。

「クリスティーナ！　クリフォード卿はリーゼの王子様ではない。ただの義兄だ」

その声は王弟殿下だった。

「あっ、おじさま！」

「なかなか来ないから迎えに来た。陛下と王妃殿下、侯爵達が待っているから早く行こう。リーゼ、傷が治って良かった。そのパールの髪飾り、リーゼにとても似合っている」

そうやって簡単に女性を褒めたりするから、令嬢達に勘違いされるのよ……

「王弟殿下のお陰で優秀な治療師に治療していただくことができました。髪飾りは王妃殿下からいただいたものです。お心遣いに感謝いたしております」

「気にしないでくれ。私が全て悪かったんだ。クリフォード卿も今日はよく来てくれた」

「王弟殿下。義妹の件では、大変ご迷惑をお掛けいたしました。今後もクリフォード侯爵家をどうぞよろしくお願いいたします」

王弟殿下はティーナを軽々と抱き上げると、会食する部屋まで案内してくれた。

ティーナはこの腹黒に可愛がってもらっているようで、とても懐いているように見える。

大切にされているなら良かった。

ティーナがいなくなって寂しかったけど、幸せそうにしているなら私はそれだけで嬉しい。

こうやって二人を見ると、実の親子に見えなくもない。髪も目の色も同じだし、顔立ちも何となく似ている。亡くなったティーナのお母様は、王弟殿下に似ていたのかもしれない。

その後の会食は緊張しすぎて、豪華な食事の味が全くわからなかったが、ティーナのお喋りに助けられた気がする。

食事が終わって、そろそろ帰ろうかという時……

「お姉様、今日はティーナのお部屋で一緒に眠りましょう！　ティーナのお部屋に案内するわね。ベッドが大きいから、お姉様とおじさまと、お父様とお母様とみんなで一緒に寝られるわ！」

ティーナは、私がお泊まりすると勘違いしているらしい。

そのメンバーで一緒に寝たら、私は永遠の眠りについてしまいそうよ……

「クリスティーナ、リーゼはクリフォード侯爵家に帰るんだ」

王弟殿下がティーナに優しく言って聞かせるが、

「お姉様はティーナと一緒に暮らさないの？」

久しぶりに見たその顔は、マジ泣きする五秒前の表情だった。

「あらあら、クリスティーナはエリーゼと一緒にいたいのね。エリーゼ、良かったら引越してこない？　部屋はたくさん空いているわ」

王妃殿下は笑顔で恐ろしいことを言い出した。

「そうだな。クリスティーナはいつも〝お姉様、お姉様〟と言うくらい大好きみたいだから、引越してくるといい」

陛下までなんてことを……

こんな時はお義父様だわ。私は頼れるお義父様に視線で合図を送った。

「王女殿下、良ければ、王女殿下がエリーゼの家に遊びに来てください。殿下のためにエリーゼがお菓子や料理を作りましょう。陛下、警備を厳重にして毒味を数人で行えば大丈夫ですよね？」

お義父様は私の無言の訴えにすぐに気付いてくれた。

「クリフォード侯爵家なら大丈夫だろう。その代わり、護衛は多く付けさせてもらう」

「クリスティーナ、エリーゼの邸《やしき》に遊びに行っていいそうよ。良かったわね」

「お母様、本当にお姉様の王都の家に遊びに行っていいのですか？　それならティーナは、お姉様の作ったカルボナーラうどんが食べたい！」

「いいわよ。その代わり、エリーゼやクリフォード侯爵様を困らせるようなことはしないでね」

王妃殿下の言葉によって、泣きそうになっていたティーナの表情が一瞬で明るくなる。

ふと、国王陛下や王妃殿下がとても穏やかな目でティーナを見つめていることに気付いてしまった。あれは親が子供に向ける愛情のこもった目だ。

ティーナが王宮に来られて良かったのね。

産みのお母様は残念だったけど、陛下と王妃殿下は育ての親としてティーナを大切に思ってくれている。今日はそれを知れただけでも嬉しい。

あの日、寂しかったけど送り出して良かったな……

「王女殿下が遊びに来られる時に、カルボナーラうどんを準備してお待ちしておりますわ」

ティーナは離乳食の頃からうどんを食べていたからなのか、うどんが大好きだった。

離れて暮らしていても、私が作った食事を忘れずにいてくれるのだから、それだけで私は幸せだと思うようにしよう。

「お姉様、とても楽しみだわ。約束よ！」

「はい。約束しましょうね」

ご機嫌になったティーナとはここでサヨナラをして、今日の食事会はお開きとなった。


裁判を終えて一週間後、ティーナがクリフォード侯爵家に遊びに来る日を迎えた。

王女殿下がもうすぐ到着されると先触れがあり、お義父様とお義母様と若干緊張しながら邸《やしき》の前で待っていると、騎乗した近衛騎士が約三十人と豪華な馬車が敷地内に入ってくるのが見える。その様子はちょっとしたパレードのようだ。

馬車の扉が開けられ先に降りて来たのは王弟殿下だった。王弟殿下は、溺愛する姪の付き添いで来たらしい。

そして、先に降りた王弟殿下に手を貸してもらい、お待ちかねの可愛いお姫様が馬車から降りてきた。

ティーナの服装を見て私はハッとする。ティーナの着ていたワンピースは、王都に旅立つ時に私が着せてあげたワンピースだったからだ。

まだ持っていてくれたのね。王女殿下には相応《ふさわ》しい装いではないと処分されたと思っていた。

大切に持っていてくれたなら、すごく嬉しい。

「クリフォード侯爵。本日は邸《やしき》に招待してくれたことに感謝する。クリスティーナ、ご挨拶してごらん」

王弟殿下は、今日も腹黒らしい胡散臭い笑顔だった。

「クリフォード侯爵に夫人、ご機嫌よう。本日はお邪魔します」

ティーナが王女殿下らしく挨拶している。きっと、頑張って練習をしてきたのだろう。成長を感じて嬉しくなってしまう。

「王女殿下、ようこそおいでくださいました」

ティーナのあまりの可愛さに、お義父様とお義母様の口元が緩んでしまっている。

「お姉様、今日は美味しいお菓子を持ってきたのよ。みんなで食べましょう！　ティーナの好きな本も持ってきたわ！」

お義父様やお義母様には王女殿下らしく振る舞うティーナだけど、私に対してはあの頃と変わらずに家族らしい態度で接してくれる。

嬉しいし可愛いけど、これで本当に良いのかと不安にもなる。でも王弟殿下がそんなティーナをニコニコして見ているからいいよね？

「王女殿下、ご機嫌よう。今日は遊びに来てくださってありがとうございます。楽しんでいってくださいね」

「うん！　ティーナね、お姉様のお部屋に行ってみたいの」

いきなり私の部屋？　少しくらいならいいのかな？

「リーゼ、護衛が部屋まで付いていくがいいか？」

王弟殿下が気まずそうに聞いてくる。

……ですよね。ティーナは王女殿下なのだから、邸《やしき》の中であっても護衛騎士同伴なのは当然だわ。

「大丈夫ですわ。では邸《やしき》をご案内いたしましょう」

「うん！」

ティーナは何の迷いもなく、私の手を繋いでくる。一緒に生活していた頃は手を繋ぐのは当たり前だった。今頃気付いたけど、手を繋ぐってこんなに幸せなことだったのね。

「王弟殿下は私達と一緒にお茶でもいかがでしょうか？　王女殿下には護衛騎士が付いておりますし、邸《やしき》の警備は侯爵家の騎士達をたくさん配置しておりますから大丈夫です。未婚女性の部屋に殿下まで行かせるわけにはいきませんので」

お義父様はさすがだ。王弟殿下まで一緒に連れていけないもの。

「……わかっている」

王弟殿下はお義父様達とお茶をすることになり、私とティーナ、私のメイドで私の部屋に向かう。

すると、ティーナと私の後ろを護衛騎士が四人も付いてきた。

「わあ！　お姉様のお部屋、ステキだわ。ベッドも大きいから、ティーナとおじさまが泊まっても大丈夫よね！」

外出が嬉しいのかティーナは大はしゃぎだ。

「お姉様、私とおじさまでこの部屋に泊まってもいい？」

ティーナは港町で生活していた頃、宿屋の女将《おかみ》さんと旦那さんの家に何度も泊まっていた。恐らく、その時の感覚でお泊まりの話をしているのだろう。

絶対にダメでしょ……。護衛騎士達もその微妙な目で私達を見るのはやめてほしい。

「王女殿下、それは国王陛下と王妃殿下に許可を取らないといけませんわ。それに、急にお泊まりすると言ったら国王陛下と王妃殿下が寂しがりますわよ。その代わり、また遊びに来てくださいね。今日のお昼はカルボナーラうどんとハンバーグを作りますが、次に来る時は何が食べたいかを考えておいてください」

「ハンバーグも作ってくれるの？　嬉しいな！」

……上手く誤魔化せたかしら？

「カルボナーラうどんがあるので、小さめの可愛いハンバーグを作りましょうね」

「楽しみだわ！　お姉様のお料理が一番大好きなの」

「王女殿下に喜んでもらえて大変光栄です」

王宮で美味しい食事をたくさん食べているはずなのに、私の作る庶民の料理を好きって言ってくれるなんて、ティーナはあの頃と変わらず天使だった。

お昼の時間の少し前、侯爵家の厨房に移動して調理を開始する。

その様子をティーナと王弟殿下、お義父様とお義母様、護衛騎士が見ていた。

お義父様とお義母様は、家事魔法で料理をするところを初めて見て興味津々なようだ。

「ずっとうどんが食べたかったの！　王宮の人は、うどんの作り方を知らないんですって」

ティーナは目を輝かせ私に言った。

うどんは離乳食に使えたし、醤油がなくても創作うどん風の味付けで美味しく食べられるからよく作っていた。その中でもティーナは、カルボナーラ風にしたうどんが一番のお気に入りだったのだ。

「王女殿下、うどんは遠い異国の料理ですから、あまり知られていない料理なのです」

「そうなんだー！　じゃあ、帰ったら料理長に教えてあげようかな」

みんなが見ている中、家事魔法で調理器具や食材が動き出し、うどんを捏《こ》ね始める。

「食材が勝手に動いているわよ！」

「すごいな！　初めて見る魔法だ！」

お義父様とお義母様は、勝手に動く食材や調理器具を見て興奮している。

ジョアンナみたいに、化け物だとか言われなくて良かった……

うどん生地を休ませている間に、ティーナの大好きなハンバーグやトマトソース作りが始まる。

包丁が手早く動く様子をみんなはじっと見ている。

「クリスティーナ、これはいつ見ても面白いな！」

「おじさまは、ずっとお姉様の料理が食べたいって言っていたわよねー！」

ティーナと王弟殿下の会話する様子を見て癒される。

王弟殿下はティーナが可愛くて仕方がないようだ。

「あ、お肉を焼く匂いがする。ハンバーグ楽しみだなぁ！　お姉様、ポテトフライもあるの？」

ティーナはハンバーグの付け合わせのポテトフライも大好きなのだ。

「もちろんですわ。でも食べすぎはダメですわよ。ほかのお野菜も食べてくださいね」

「はい！」

「リーゼ、さっき捏《こ》ねていた生地を伸ばして、包丁で細く切ったものが〝うどん〟というものか？」

王弟殿下は初めて見るうどんに興味があるようで、包丁が麺を切る様子をじっと見ている。

ちなみにここの人達は麺をすする文化がないだろうから、普通のうどんの三分の一くらいの長さに切って、食べやすいようにしている。

「そうですわ。異国では主食として食べる物です」

「そうか！　クリスティーナが大好きだと言っていたから、気になっていたんだ」

王弟殿下やお義父様達に料理の解説をしているうちに、料理はでき上がっていた。

「毒味は味見を兼ねて、私がしてもよろしいでしょうか？」

「リーゼ、毒味は不要だ。私達が作る様子をずっと見ていたから大丈夫だと思うぞ」

王弟殿下はあまり気にしていないようだが……

「殿下、いけません！　毒味は陛下と約束しておりますので、私とエリーゼで行います」

お義父様が慌てた様子で告げ、私とお義父様で毒味をすることになった。

「リーゼ、このハンバーグという肉料理は柔らかいから食べやすい。うどんはベーコンやチーズの入ったソースが絡んでいて、美味しいぞ」

「それは良かったですわ」

貴族が食べるような豪華な食事ではないので、侯爵であるお義父様の口に合うか心配だったが、美味しいという感想を聞いてホッとする。

「お姉様、ティーナも早く食べたいわ！」

「リーゼ、毒味はもういいだろう？　早く食べさせてくれ！」

「王女殿下、王弟殿下、毒味が済みましたのでどうぞお召し上がりくださいませ」

結局、ティーナは美味しい、美味しいと言って完食し、王弟殿下は小さめのハンバーグをもっと食べたいと言って何回もお代わりしていた。

近くで見ていると、この二人はとても似ている。叔父と姪ではなく親子といってても大丈夫そうだ。

「お姉様、今度遊びに来る時は餃子《ギョーザ》が食べたいわ！」

「わかりました。次に王女殿下が来る時には餃子《ギョーザ》の準備をしておきます。来られる時は必ず連絡してくださいね」

「わかったわ。お手紙をたくさん書くわね！　お姉様も王宮に遊びに来てほしいわ。おじさまとティーナでお姉様に会いたいってよく言っていたのよ」

可愛いティーナに会いたいなんて言われたら、私は嫌だなんて言えない。

「お時間があれば、お邪魔しますわ」

「約束よ！」

「はい。お約束しましょう」

ティーナの帰った後、お義母様は可愛すぎる天使に心を落とされ、『早く孫が欲しい』が口癖になっていた。


ティーナと王弟殿下が侯爵家に遊びに来てくれた日から数日が経過した。

お義母様は、ティーナの可愛さにすっかり骨抜きにされている。

「王女殿下はとても可愛らしかったわね。やっぱり女の子はいいわぁ。可愛い服を着せて、お喋りをたくさんして……リーゼ、早く結婚して女の子を産んでちょうだい。子守りは私と旦那様と乳母を雇うから、リーゼは旅行したり、パーティーや観劇に行ってきていいわよ」

結婚相手すらいないのに、お義母様からの連日の孫産めコールは少々プレッシャーだ。

「お義母様、私はこのような立場ですから結婚相手はなかなか見つかりませんわよ。私より、この侯爵家の大切な跡取りであるオスカー様にお願いしては？」

「それは無理ね。それこそ相手が見つからないわよ。オスカーと結婚してくれそうな人は、借金まみれの家の令嬢か醜聞ばかりの令嬢、行き遅れた令嬢とかの訳ありか、オスカーに無関心を貫けるような強すぎる令嬢くらいじゃないかしら？　何よりオスカーが令嬢を嫌っているのよ。オスカーは生涯未婚だと思うから、私はリーゼに期待しているの」

嫌な期待だわ……

あの偏屈の義兄を上手く手懐けてくれそうな、肝っ玉母ちゃんのような器の広い令嬢がいたらいいのに。

「オスカー様は黙っていれば素敵なのですから、きっといつか素晴らしい方が現れますわ」

「リーゼも面白いことを言うわねぇ。それよりもリーゼに縁談の話がたくさん来ているの！ 旦那様はリーゼがまだ今の生活に慣れていないから、今すぐに縁談を受ける気はないみたいだけど、デートくらいはしてもいいと思うのよ！」

お義母様からの縁談話に顔が引き攣りそうになる。

「私に縁談話なんてあったのですか？」

「あるに決まっているじゃないの！ アンジェラに似た美しい容姿をしていて、王族に気に入られているリーゼと縁を結びたいと考える家門はたくさんあるのよ。近いうちに私と一緒にお茶会や夜会に行きましょう。それに向けてダンスのレッスンもしましょうね！」

お義母様と楽しく話をしていると、お義父様が王宮から帰ってくる。

「エリーゼ、オルダー伯爵令嬢が離島の修道院に護送される日が決まった」

「そうですか。離島の修道院はここから遠いのですか？ 厳しいと聞きましたが、気候が厳しいのでしょうか？」

「エリーゼの住んでいた港町から船に乗り、北上すると小さな離島がある。そこの修道院だ。極寒で、修道院とは名ばかりの女の監獄のような場所だと聞いたことがある。温室育ちの貴族令嬢には辛い環境だろうな」

あれくらいのことで、厳しい修道院で終身刑のような人生を送らなくてはいけないなんて、本当に厳しい世界だ。

ジョアンナには訳わからないことを言われてビンタされたり、皿で攻撃されたり、食事に嫌がらせをされたりしたけど、前世日本人の私としては更生する機会を与えても良かったのではないかと思ってしまう。

「お義父様。寒い土地に行くのに、暖かいコートや靴などを持たせてあげられないのでしょうか？」

「そういうことは家族がやることだ」

「オルダー伯爵家は家族関係が破綻していましたわ。伯爵令息はジョアンナにずっと嫌がらせされていましたから、修道院に旅立つジョアンナに何かをしてあげるようには思えません。お金なら私が支払いますから、何とかしてあげられませんか？　あの囚人服のような質素なドレスで、着の身着のままで旅立つのですよね？」

お義父様は険しい表情をしている。

「囚人だから着の身着のままで旅立つのは当然だ。何か高価な品を持たせても、護送する途中で護送担当の兵士に取られてしまうかもしれないし、恨みを持つ何者かに襲われる可能性もある」

本当に厳しい世界だ。ジョアンナにムカついたことはたくさんあったけど、そこまで復讐したいとは思っていなかった。

「護送担当の兵士に裏金を渡すとかはダメですか？」

「それが一番確実だろうな」

裏金を渡すのはオッケーなんだ……。本当にすごい世界だわ。

「仕方がない。大切な義娘の願いだから、私がなんとかしてやる」

「いいのですか？」

「あまりたくさん持たせると目立つから少しだぞ。派手で高価そうに見えるものは狙われてしまうからダメだ」

「ありがとうございます！」

お義父様は小さな旅行カバンに地味でシンプルなコートと防寒用の靴、ショールや手袋、カーディガンなどを詰めて、ジョアンナの旅立つ日に渡しにいってくれた。

寒い土地で必要になるから持って行けと言って渡したら、黙って受け取ってくれたらしい。

ジョアンナの弟のローランドは見送りには来たが、言葉を交わしもしなかったようだ。

それから約一か月後にジョアンナから手紙が届いた。白い地味な封筒には、修道院の印のほかに検閲済と書かれていた。

この手紙が届くということは、ジョアンナは無事に離島の修道院に到着できたようだ。

お義父様の話によると、脱走計画などを手紙でやり取りする者が稀にいるので、手紙は検閲されるらしい。

手紙には私への謝罪文が丁寧に書かれており、減軽や伯爵家を存続させてもらえるように陛下に頼んだことに対する感謝も記してあった。お義父様が届けてくれた防寒着も毎日使っていると書いてある。

悪役令嬢のジョアンナが、こんなにまともな文章を書けると知って驚いた。

しかし、手紙の最後に書いてあった言葉に私はイラッとする。

〝アルベルト様とお幸せに……〟

違うって言ってるのに！　これを検閲担当者に見られたんでしょ？

また勘違いされちゃうじゃないの！

私はジョアンナに急ぎで返事を書くことにした。

◇◇◇

ある日の朝食時……

「エリーゼ、今日は爵位を引き継いだオルダー伯爵が挨拶にくる。伯爵はエリーゼにも会いたいと話していた」

爵位を引き継いだオルダー伯爵とは、ローランドのことだ。

お義父様は、若いオルダー伯爵の後見人として定期的にローランドに会っているらしい。

伯爵家にいる時、ローランドから身の上話をしてくれるくらい仲良くしてもらっていたのに、私はローランドをどこまで信用していいのかわからず、侯爵令嬢だと隠してずっと平民の振りをしていた。

そのことに対しての罪悪感があって、顔を合わせるのが少し気まずい。

ジョアンナにずっと虐められていたのに、ローランドは性格が歪んでいる訳でもなく普通にいい人だった。

まともな両親の元で育っているのに、なぜか偏屈になってしまった我が義兄とは大違いだ。

平民生活が長かった私は貴族の友人がいない。だから、ローランドとは貴重な貴族の知り合いとして、仲の良い友人になれたら嬉しい。

ローランドに会ったら嘘をついていたことを謝って、友人になってほしいと頼んでみようか。

そう決めていたが、侯爵家に来たローランドは挨拶を済ませると私の前に来てサッと跪く。

「えっ？　ちょっと……」

急に真顔になって跪くローランドに、私はパニックになりそうだった。

「クリフォード侯爵令嬢。私から貴女に謝罪をさせてください。私の父と姉が貴女を監禁し、脅迫と暴行までしたにもかかわらず、貴女を助けられなかったことを謝罪いたします。大変申し訳ありませんでした」

真面目なローランドは、私に謝罪するために跪いているようだ。

「オルダー伯爵様、謝罪を受け入れますから、立ってください」

「エリーゼ、オルダー伯爵が真剣に謝罪しているのだから、ちゃんと話を聞いてやれ」

「もう、リーゼったら！　貴公子が跪いて絵画のように素敵なのに」

お義母様はローランド系の美形がお好きのようだ。

「お義父様、お義母様、オルダー伯爵様と二人だけで話をさせていただきたいのです。少しだけよろしいでしょうか？」

「まあ！　天気がいいから、お庭でも案内してあげながら話をするといいわね」

お義母様は笑顔で即答してくれる。お義母様のこういうノリのいいところが私は好きだ。

「ありがとうございます！　オルダー伯爵様、うちのお庭をご案内いたしますわ」

ローランドは紳士らしく私をエスコートしてくれた。私と一緒に歩くのに、自然に歩幅を合わせて気遣って歩いてくれているのがよく伝わってくる。やっぱり優しい人だと思う。

「オルダー伯爵様。私は貴方に自分が平民だとずっと嘘をついていました。申し訳ありませんでした。歩きながら謝罪するご無礼をどうかお許しくださいませ」

「……私が貴女と同じ立場であったのなら、私も身分を隠していたでしょう。平民を誘拐してきたつもりが、実は侯爵令嬢だったとあの時の姉が気が付いていたら、証拠隠滅のために貴女を殺そうとしたかもしれない。貴女の振る舞いは、命を守るために仕方なくやっていたのだと理解しています。私こそ、貴女が辛い立場にいることに気付いていながら何もできませんでした。謝らなくてはならないのは私の方です」

「謝罪はもう受け入れましたわ。それよりもオルダー伯爵様は、私にご自身についてたくさん話してくださったのに、私は本当の自分のことについて話せなくて心苦しかったのです」

「それなら、これから本当の貴女のことをたくさん教えてくれませんか？」

お義母様が貴公子と呼ぶほどの美形であるローランドからそんなことを言われたら、若い子はあっさり落ちてしまうだろう。

でも真面目で優しいローランドは、下心から言っているわけではないのがわかる。

「はい、もちろんですわ。オルダー伯爵様、私は平民の生活が長かったので、貴族の友人がいないのです。オルダー伯爵様と友人になれたら嬉しいですわ」

「それは嬉しい……私は、クリフォード侯爵令嬢に酷いことをした罪人の家族なのに、貴女は私と伯爵家を助けるために、侯爵閣下や陛下に減軽を頼んでくれた上に、こうやって友人になりたいとまで言ってくれる。私は貴女と友人になれて幸せです。これからもよろしくお願いします」

「こちらこそ、これからもよろしくお願いいたします」

その後、ローランドはジョアンナの話をしてくれた。

ジョアンナは今までいろいろやらかしてきて、その度に周りから恨みを買い、嫌悪されて生きてきたようだ。

そんなジョアンナは、まさか減軽してもらえるとは思っていなかったらしく、私が減軽を願い出たと聞いて少しだけ感謝してくれたらしい。

また、ジョアンナと仲の悪かった父親の元オルダー伯爵が、取り調べでジョアンナを庇《かば》ったらしく、自分は父親から実は大切にされていたと知り、涙を流していたとか。

「クリフォード侯爵令嬢。私の家族はいろいろあったが、父も姉も私も貴女に感謝している。ありがとう」

ありがとうと言って私に微笑むローランドの顔はとても眩しかった。

お義母様が見たら喜ぶだろうなぁ……

こうして、ローランドは私の貴族の友人第一号になった。

二人で話をした後、お義父様、お義母と合流し、お茶をする。

「オルダー伯爵様は、婚約者はいらっしゃるのかしら？」

ローランドのファンだと思われるお義母様は、ストレートに聞いている。

どこの世界でも奥様は最強のようだ。

「いえ。私に婚約者はいません」

「まあ！　そうでしたのー。でも恋人とか、お慕いしている人はいらっしゃるのでしょう？　だってこんなに素敵だもの。ねぇ、リーゼもそう思うでしょう？」

お義母様ったら、グイグイ来るわね。

はいはい……。頑張るローランドのためにエールを送るわ。

「そうですわね。オルダー伯爵様は素敵でとてもお優しい方ですし、真面目で誠実ですから、伯爵様の婚約者になる方はお幸せだと思いますわ」

「優しくて真面目で誠実ですってよ！　旦那様、聞いてるの？」

「オルダー伯爵が真面目で誠実なのは私だって知っている。それに伯爵は優秀だから、今後のオルダー伯爵家は何の問題もないだろう」

「いえ。これは全てクリフォード侯爵閣下のおかげだと思っております。元々私は、父が所属していた派閥に馴染める自信がありませんでした。侯爵閣下が後見人になってくださり、新しい道へと導いてくれたのです。私は侯爵閣下の期待に応えられるよう、尽力していきたいと思っております」

真面目なローランドらしい言葉だと思った。

しかし、新しい道って？

「オルダー伯爵様。うちの義父と同じ派閥に入ったのですか？」

「もちろんです」

そんな簡単に派閥って変えられるの？

私がお義父様に減軽をお願いする時に言い出したのだけど、ローランドが無理をしていないかが今頃になって心配になった。

「オルダー伯爵様はそれで良かったのでしょうか？　無理をしていませんか？」

「何も問題ありません。父のいた貴族派の者達は、私の出自を卑しいと見下す者が多くてなかなか馴染めなかったので、派閥を抜けることには何の抵抗もなかったのです。クリフォード侯爵閣下が後見人になってくれたおかげで、今の派閥に入ることができてむしろ良かったと思っています」

ジョアンナ以外からも出自で蔑《さげす》まれていたと聞き心が痛む。

こんなに良い子なのに……

「苦労なさったのですね。しかし、前の派閥の人達から嫌がらせをされませんでしたか？」

「全くないとは言い切れませんが、私に何かをすればクリフォード侯爵閣下を敵に回すことにもなる。下手なことはしないでしょう」

へぇー！　お義父様はすごい人のようだ。

「貴族派の者達は、選民意識の強い者が多いからな。あの者達に何を言われようとも、今のオルダー伯爵家の当主は君なのだし、実力があるのだから大丈夫だ」

「侯爵閣下、ありがとうございます」

お義父様とローランドは普通にいい関係になっているようで、何だか嬉しい。

「うちの息子も、オルダー伯爵様みたいに謙虚だったら良かったのに。ねぇ、リーゼもそう思うでしょ？」

さすがにこの場でソウデスネーと言えない。

「お義母様。オスカー様は伯爵様とは違った素晴らしいところがあるはずですわ（私は知らないけど）」

「絶対にないわよ。オルダー伯爵様が息子なら良かったのに。伯爵様、良ければうちのリーゼと結婚して、私の義息子になってくださらない？」

「やめないか！　伯爵が迷惑している」

暴走するお義母様をお義父様が必死に止めている。

「御令嬢はとても素晴らしい方だと思います。しかし、御令嬢には私より相応《ふさわ》しい方がいると気付いてしまいました。私は友人として、御令嬢の幸せを見守っていきたいと思っています」

……はい？　相応《ふさわ》しい方がいると気付いたって言ってるけど、もしかしてあの腹黒？

「残念ながら、リーゼに相応《ふさわ》しい人はまだ見つかっておりませんのよ。それよりも、こんな素敵な伯爵様と友人だなんて素晴らしいわ。友人から恋人になるパターンもたくさんあるもの」

お義母様は最強だ。ローランドに何を言われてもグイグイ押しまくり、隣にいるお義父様は呆れ返っている。

「ところで、来月に夜会がありますでしょう？　その夜会で、リーゼのパートナーをオルダー伯爵様にお願いできませんか？　リーゼが本格的に社交を始める夜会になるので、リーゼの信頼するご友人である伯爵様に、ぜひパートナーをお願いしたいのです。それに、クリフォード侯爵家とオルダー伯爵家が強固な繋がりであると周りに見せつけることができますわ」

来月から社交をすることになっていたが、まさかこんな風にローランドにパートナーをお願いするなんて、お義母様はメンタルが強すぎる。

「御令嬢のパートナーをさせていただけるなんて、大変光栄です」

「まあ！　リーゼ、良かったわね。さすがにオスカーでは嫌だったでしょ？」

「私の立場でお義兄様については何も言えませんが、オルダー伯爵様がパートナーをしてくださるのなら、とても心強いですわ」

侯爵夫人であるお義母様に頼まれたらローランドは断れない。迷惑だったかな？

でも、偏屈義兄が夜会のパートナーになるのは嫌だったから、優しいローランドがパートナーになってくれるのは嬉しかった。

そして夜会デビューに向け、お義母様主導で血の滲むようなダンスレッスンが始まる。

「はい、そこでターン！　姿勢が崩れているわよ！　笑顔を忘れないのー。優雅に、動きはしなやかにー。自分に負けないでー！」

部活ですかコレは？　お義母様って実は熱血？

「リーゼ、これなら何とかなりそうね。ステール伯爵家で、厳しい淑女教育を受けていただけあって、ダンスも体が覚えているようだわ」

没落する前に、貴族令嬢に必要なことを厳しく叩き込まれた記憶はある。

あの毒親二人は愛情はくれなかったけど、学ぶ機会だけはたくさんくれた。

それが役に立つ日が来るなんて、本当に驚くことばかりだ。

元公爵令嬢のお義母様が何とかなると言ってくれているのだから、大丈夫だと思うことにしよう。

その後、お義母様は夜会に着るドレスを注文するためにデザイナーを呼んでくれた。すると、あの商会長さんも一緒だった。

「クリフォード侯爵令嬢、ご無沙汰しておりました」

町の商店街にいそうな普通のおじさんだった商会長さんは、今日は服装も口調も雰囲気も変わっていた。

商会長さんは、貴族にはこのように接しているらしい。

「商会長様、いろいろご心配をお掛けいたしまして、大変申し訳ありませんでした。裁判前に贈っていただいた素敵なドレスに感謝しております。ありがとうございました」

「いいえ。御令嬢がうちの新作の布地で仕立てたドレスをあの場に着ていってくれたおかげで、うちの商会は問い合わせをたくさんいただき、かなり儲けさせていただきました。こちらこそありがとうございました」

裁判ですら上手く金儲けに利用するなんて、さすが商人だわ。

「ふふっ。私はお茶を用意してくるから、二人でゆっくり話でもしてちょうだい」

お義母様は、私達が話をしやすいようにと気を使ってくれたようだ。

お義母様が笑顔で部屋から退出すると、私は平民の生活をしていた頃の口調に戻っていた。

「商会長さん、いろいろ助けてくれてありがとう！」

「リーゼはうちの大切な従業員で、私の娘みたいなもんだからな。元気そうで良かった。宿屋の女将《おかみ》と旦那も心配していたんだぞ」

私も女将《おかみ》さん達がずっと気になっていた……

「商会長さん、女将《おかみ》さんと旦那さんに手紙を渡してもらえますか？」

「もちろんだ。きっと喜ぶだろう。それと港町のリーゼの家だけど、うちで管理してもいいか？空き家にしておくとすぐに荒れてしまうからな」

あの家はとても気に入っていたし、ティーナとの思い出の詰まった大切な家だから手放したくなかった。いまだにティーナの部屋がそのまま残っていて、ティーナのお気に入りの服やお人形が置いてある。商会で管理してくれるならありがたい。

「もちろんです。よろしくお願いします」

商会長さんは、また新作の布地があるのでその布地を使ってドレスを作ってほしいという。

サンプルを持ってきてくれたけど、光に当たるとキラキラと輝いているだけでなく、とても軽くて非常に高そうな布地だった。

「この布も新作？　素敵じゃないの。リーゼ、これでドレスを仕立てましょう！」

間違いなく私よりお義母様の方が喜んでいる。

「侯爵夫人、ありがとうございます。こちらの布地は、色違いの物が何種類かありますので、我が商会から御令嬢と夫人にお好きな色の物をプレゼントいたします。この国ではまだ流通していない最高級品ですから、高貴な侯爵夫人と御令嬢にピッタリです」

商会長さんは私達を広告塔に使うつもりだ。

「まあ、嬉しいわ。リーゼ、良かったわね！」

「ええ。ありがとうございます」

新作の布地をプレゼントと聞いて、お義母様はルンルンしている。

商会長さんはお義母様の心を上手く掴んだらしい。

その日から二週間後にはドレスが届いた。私が薄い紫色のドレスで、お義母様はシルバーグレーのドレスだ。

「あのデザイナーは外国でデザインの勉強をしてきたらしいのよ。素敵なドレスに仕上がっているわ。リーゼが裁判の時に着ていたドレスもね、ほかの夫人達からすごく評判が良かったのよ！」

「さすがウォーカー商会のデザイナーですわね」

ウォーカー商会を褒められて、私も嬉しかった。

ダンスレッスンにエステ、貴族名鑑で貴族の顔と名前を覚える日々を過ごしていたら、あっという間に夜会の日を迎えていた。

黒の正装姿で私を迎えに来たローランドは、まさに貴公子だった。

お義母様はローランドを見てわかりやすく喜んでいる。

そんなお義母様を見て、お義父様は今日も呆れていた。

ローランドの馬車で一緒に向かったのは、王宮だった。

今日の夜会は建国記念の夜会で、この国の貴族は強制参加のかなり大きな夜会になる。

いろいろな貴族が参加するので、私達の敵になる派閥の貴族もたくさん来ると聞き、私は若干緊張している。

夜会の会場はこの国で一番大きなホールらしく、とても広くて豪華で眩しい。人もたくさん来ているので、気を抜くと迷子になりそうだ。

「クリフォード嬢。人が多いところでは、はぐれないように手を繋いでもいいですか？」

「ええ。私も心配でしたので、そうしていただけるとありがたいですわ」

やっぱり今日は、優しいローランドがパートナーで良かった。

ローランドは、私がほかの人にぶつからないように盾になってくれたり、夜会に慣れない私のために、人の少ない場所で休ませてくれたりと、いろいろ配慮してくれた。

「オルダー伯爵様、もし誰かと話がしたい時やダンスがしたい時がありましたら、私に気にせずに行ってきてください」

「そういう人はいないから大丈夫です」

しかし本人は自覚していないだけで、相当モテるはず。

実は、さっきからいろいろな令嬢がローランドを熱のこもった目で見つめているのに気付いていた。今日はその令嬢達に勘違いされないように行動に注意しなければならない。私達はいい友人ですってわかる距離感で過ごそう。

「まだ時間があるから、飲み物でも取ってきます。ここで待っていてもらえますか？」

「はい。わかりました」

ローランドが私の側を離れると、お約束のように知らない令嬢から話しかけられる。

「あ、あの！」

その令嬢は小動物のように可愛らしく、私とは正反対のタイプの方だった。

「オルダー伯爵様の弱みに付け込んで、パートナーまでさせるなんて酷いですわ。オルダー伯爵様を助けたからと、心まで手に入るとは思わないでください。家族と離れ離れになった伯爵様が可哀想です」

その家族がやらかしたから離れ離れになってしまったのに、この令嬢はよほど私を悪者にしたいらしい。

ローランドファンの御令嬢に絡まれそうだからと、お義母様から令嬢達の似顔絵付きの資料を渡されて暗記してきたが、早速役に立ちそうだ。

ええと……、小柄で色白の年齢不詳な容姿に、ティーナが好きそうなピンクのヒラヒラしたドレスを着て、ピンクの瞳に薄ピンクの髪のトリプルピンクのこの御令嬢は……

「ラスボーン子爵令嬢でよろしいかしら？　私達は初対面ですけれど、私がクリフォード侯爵家の者だと知りながら話しかけていらっしゃるの？　先程貴女が話していたことは、ラスボーン子爵家からクリフォード侯爵家への批判だと受け取ってよろしいのかしらね？」

初めての社交で、周りは私を値踏みするようによく見ているだろうから、格下の者が絡んできたら遠慮なくやってしまえとお義母様から言われている。

〝病弱で社交慣れしていない気弱な令嬢だと見くびる者がいるだろうから、クリフォード侯爵家が侮られないように倍返しで言い負かせ。何かあれば私が後始末をするから大丈夫〟と、うちの最強お義母様は言ってくれたから心強い。

「わ、私は、オルダー伯爵様がお気の毒で……」

こんな風に優しいヒロイン気取りの子って時々見かけるよね。

「身分が上である私に、名乗らずに図々しく話しかけて、礼儀もなってない貴女がオルダー伯爵様がお気の毒だなんてよくも口にできますわね」

「ひ、酷いわ！　身分が高いからって！」

「その身分が高くて酷い私に、初めに絡んできたのは貴女ではなくて？」

面倒だなぁーと思っていると、横から嫌な声が聞こえてきた。

「エリーゼ、もういい。こんな小娘をいちいち相手にするな。ラスボーン子爵家には、クリフォード侯爵家から抗議させてもらう。随分とうちの侯爵家をバカにしているようだからな」

その声は、私の偏屈義兄のオスカーだった。

「お義兄様、ご機嫌よう。いらしたのですね」

「いらしたのですね……？　失礼な奴だ。いるに決まっているだろう。義妹の夜会デビューだから気になって見ていたが、男に媚を売ることしかできないこんな小娘ごときに絡まれるなんて、お前は隙だらけだ。こんな女は相手にする価値もないぞ」

義兄は、わざとらしくふるふると震えるラスボーン子爵令嬢をギロッと睨みつける。

本気で令嬢に厳しい人らしく、辛辣な言葉で攻撃しまくった。

「お前のパートナーだが、前に所属していた派閥の者や令嬢達に絡まれて忙しいようだ」

そのことをわざわざ知らせに来てくれたの？　偏屈なりに私に気を使ってくれたらしい。

「お義兄様、教えてくださってありがとうございます」

「偶然見ただけだ」

もっと愛想良くすればいいのに。整った容姿をしているのにもったいない。

その時、鈴のなるような声が聞こえてくる。

「クリフォード卿、ご機嫌よう」

この偏屈義兄に笑顔で話しかけてくる、スーパー美女がやって来た！

艶々の黒髪に灰色の瞳のスレンダー美女は、確かマクファーデン公爵令嬢。

すごく綺麗！　頭が小さくてモデルみたい。

「マクファーデン公爵令嬢、ご機嫌麗しゅうございます」

「クリフォード卿は素敵な御令嬢といらっしゃるのですね。ご紹介いただいても？」

「こちらは私の義妹のエリーゼでございます」

「エリーゼ・クリフォードでございます。どうぞよろしくお願いいたします」

「クリフォード卿の義妹君は本当にお綺麗ね。ドレスも新作かしら？　とてもお似合いよ。あら……、なんだか喉が渇いてしまったわ。クリフォード卿、飲み物を取ってきてくださらない？」

このモデル系美女も、私と二人きりになって文句を言いたいらしい。

しかし、偏屈義兄は最強だった。

「そこの君、飲み物をマクファーデン公爵令嬢に持ってきてくれ！　急いで頼む！」

「畏《かしこ》まりました」

義兄はよく通る声で近くにいた給使に声を掛ける。

「公爵令嬢が筆頭侯爵家の私を給使代わりに酷使したと、良からぬ噂が立つのは嫌ですのでどうかお許しください」

底冷えしそうなあの視線を、格上の公爵令嬢に向ける義兄。

こんな美女にもその態度をとるなんて……

「まあ！　ご配慮ありがとうございます。さすがクリフォード卿だわ」

バチバチッと火花が見えるような……

この美女は私に絡みに来たはずなのに、義兄対公爵令嬢のバトルが始まってしまった。

「マクファーデン公爵令嬢は、私の義妹に噂の真相でも聞くためにわざとらしく話し掛けてきたのでしょうが、うちの義妹は病弱で人見知りですので、恋人を作ることすらできなかった気の毒な者なのです。やっと社交ができるくらいに元気になりましたので、下らない噂話など鵜呑みにせず、温かい目で義妹を見てくださったら嬉しく思います」

偏屈だけど、根はいい人？

いや……、私の恥は侯爵家の恥になるからと応戦してくれているだけかな……

「ふふ……。あの王弟殿下が直接救出に向かい、御令嬢を抱えて離さなかったと聞いたので、どんな方なのかと気になっていたのですわ。どうか仲良くしてくださいませ」

あのことを知っているなんて、救助に来た王宮騎士団の誰かがバラしたのだろう。あの王弟殿下がやることは全て噂話になるらしい。

参ったな……。悪目立ちしたくないのに。

「あっ、飲み物が来ましたわ」

最悪のタイミングで、給使が飲み物を運んでくる。

マクファーデン公爵令嬢は、数種類の飲み物の中から赤ワインを選び、ニコッと微笑む。

この笑顔、私が男だったら落ちていたかも。

しかし、その瞬間……

「あっ！　ごめんなさい」

マクファーデン公爵令嬢は、私のドレスに赤ワインを零してしまった。

やられると思ったわ……

赤ワインは、私のドレスの裾にかかっている。

「素敵なドレスに私はなんてことを！　申し訳ありません。私、予備のドレスを持ってきているので、良かったらそちらに着替えませんか？」

申し訳なさそうにしつつも、私は親切な公爵令嬢よ！　って感じで堂々としている。美女は何をしても様になるからすごい。

しかし私は毒母譲りの出るとこは出て、引っ込むところは引っ込んでいる体形。マクファーデン公爵令嬢みたいなスレンダーなモデル体形のドレスを着られるわけがない。

この令嬢は知っていてわざと言っているようだ。私をこの会場から退場させたいのだろう。

貴族って、こういうやり方をするから嫌なのよ！

「お気遣いありがとうございます。ドレスの予備でしたらたくさん持っておりますので、お気持ちだけいただきますわ」

最強のお義母様はこうなることを予想して、数着のドレスの予備を用意していた。会場近くの部屋を控室として借りて、そこにメイドを待機させているのだ。

「そうでしたの。初めての夜会でしょうからいろいろありますものね」

どうやらこの公爵令嬢は、夜会初心者のくせに調子に乗るなと私に言いたいらしい。

しかし、ここでも偏屈義兄は黙っていなかった。

「エリーゼ、王妃殿下からいただいたパールの髪飾りにワインがかからなくて良かったな」

「……王妃殿下からいただいた髪飾りですって？」

義兄の爆弾発言にマクファーデン公爵令嬢の表情が一変する。

「ええ。うちのエリーゼに、王妃殿下はこのような素晴らしいパールを贈ってくださったのですよ。我が侯爵家の家宝です。いくら事故とはいえ、マクファーデン公爵令嬢に王妃殿下からの贈り物を汚されたとなったら、周りから何と思われるかわかりませんからね。あれ……？　エリーゼ、ドレスにワインがかかったはずなのに、全く濡れていないしシミにもなってないぞ」

義兄の言う通り、私のドレスはワインを弾いたのか、全く濡れてないし汚れてもいなかった。

床のカーペットはワインで零れているというのに、私のドレスはどこにワインをかけられたのか、全くわからないほどだったのだ。

その瞬間、私はハッとした。

『商会長さん。ドレスの布地に、水や汚れを弾く加工をしたら便利だと思うのです。布地の表面に水弾きをする加工ができたら、パーティーでドレスに飲み物を零しても困らずに済みますよ！』

私は数年前に前世の撥水加工の布を思い出して、商会長さんに話した気がする。

商会長さんは新作の最高級の布地だと言っていたが、私が前に話をしたことを覚えていて、この布地を開発したのかもしれない。

商会長さん、最強の鎧をありがとう！　私は負けないから。

「お義兄様。これはウォーカー商会の新作で、水を弾く加工をした特別な布地ですのよ。いくら社交に慣れた方でも、うっかり飲み物を零してしまうことがあるからと、この布地を開発したようですわ」

「さすがウォーカー商会だ。マクファーデン公爵令嬢。社交に慣れていらっしゃる貴女がうっかり零した赤ワインは、この通り何ともなかったのでご心配なく。それよりも私達のような者に構うのではなく、貴女様がお慕いする方の元に行かれては？　そろそろ王族の方々の入場時間になりますから」

義兄は嫌味の天才だ。わざと赤ワインを零してきたマクファーデン公爵令嬢を牽制しつつ、お慕いする王弟殿下にさっさと会いに行けと言っている。

「失礼するわ！」

不快感を露わにした公爵令嬢は去ってしまった。

癖のある公爵令嬢より、偏屈義兄の方が強いらしい……

こんな義兄がいて頼もしいと感じるべきなのか、警戒するべきなのか？

今の私に答えは出せなかった。

「お義兄様のお手を煩わせてしまい、大変申し訳ありませんでした」

「お前の敵は我が侯爵家の敵であり、私の敵でもある。別にエリーゼのためにしたことではない。勘違いするなよ」

「……はい」

相変わらず義兄の表情は冷たい。ちょっと笑って、今後は気を付けろと言えばいいだけなのに。本当に偏屈だわ。

後日談だが、この夜会の後にウォーカー商会には、私の着ていたドレスと同じ布地でドレスを作りたいとたくさんの注文が入り、商会はまたボロ儲けしたらしい。

マクファーデン公爵令嬢が立ち去った後に、やっとローランドが戻ってきてくれた。

「クリフォード嬢。待たせてしまって申し訳ない。今日に限って、いろいろな人物に引き留められてしまいました。大丈夫でしたか？　マクファーデン公爵令嬢らしき人物が見えたので不安になりましたが……」

その時の私は義兄とのやり取りに疲れており、ローランドが戻ってきてくれたと安心した。

「私は大丈夫でしたわ。お義兄様が助けてくださいましたので」

「カーペットにワインのシミがあるから、貴女が何か嫌がらせでもされたのかと思いましたが、ご無事で良かった。クリフォード卿、大変申し訳ありませんでした」

「義妹は嫌がらせをされ、何とか上手く交わしていただけです。オルダー伯爵がいろいろな人物に引き留められたのは、さっきの女狐の差し金だ。気を付けた方がいいでしょう」

なるほど……。マクファーデン公爵令嬢はローランドを私から引き離して、一人で居るところを狙ったのだ。ワインでもかけて笑い者にして、夜会から退場させようと計画したらしい。

社交に慣れてない令嬢ならすぐに泣き出してしまうかもしれないし、お慕いする王弟殿下との恋の噂のある私が目障りだからと、早いうちに潰しておこうと考えたのかもしれない。

単純でわかりやすかったジョアンナよりも、マクファーデン公爵令嬢の方が巧妙で厄介だ。

その後、王族が夜会のホールに入場し、パーティーが始まる。

令嬢方が国王陛下の後ろに控えている王弟殿下を熱い眼差しで見つめている。そして、その最前列にはマクファーデン公爵令嬢の姿も見える。

イケメンで令嬢方には大人気のようだが、あの腹黒のどこがいいのかわからない。

私は断然、国王陛下だわ。

迫力のある国王陛下が、王妃殿下にだけ見せる、あの柔らかい笑顔が堪らなく素敵！

その後、私は王弟殿下狙いの令嬢やローランドのファンの令嬢達に絡まれ続ける。

王弟殿下との噂話を聞かれたりしてかなり面倒だったが、隣にいたローランドが私に絡んだ令嬢に、冷静に言い返して助けてくれた。

私がここまで絡まれるほど、王弟殿下やローランドは令嬢方に大人気のようだ。

反対に、令嬢に容赦ない偏屈の義兄には誰も寄ってこないようで、一人でポツンと立っている。

そんな義兄を見て、夜会はこの義兄にエスコートしてもらった方がいいのかもしれないと気付いてしまった。

偏屈やキツい言動を適当に流して我慢さえすれば、面倒な義兄と一緒にいる私にわざわざ絡んでくる令嬢はいないだろうし、もし絡まれても義兄が勝手にやっつけてくれそうだ。

次の夜会は、勇気を出して義兄にエスコートを頼んでみようか？

一人で考えていると、ローランドがダンスに誘ってくれる。

貴公子ローランドが誘ってくれているのだし、せっかくお義母様がダンスの熱血指導してくれたのだから踊ってみることにした。

「クリフォード嬢を見ている令息がたくさんいるみたいです」

「いいえ。オルダー伯爵様を見つめる令嬢がたくさんいらっしゃるようですわ。今日は、人気者の伯爵様を独り占めして申し訳ありませんでした」

「申し訳ないのは私の方です。私は貴女と夜会に参加することを楽しみにしていたのに、あの女達のせいで台なしです。実は、私のことを何も知らずに、自分の気持ちを一方的に押しつけてくる令嬢達の対応に困っていました。伯爵位を継いだせいか、しつこく付き纏ってくる令嬢が多くてうんざりですよ」

「人気者ゆえの悩みですわね」

ローランドとのダンスはとても踊りやすく、会話も自然にできて、楽しい時間になっていた。

「私はこんな社交より、貴女の作ってくれた料理を食べている時間の方が好きです。侯爵令嬢の貴女にこんなことを頼むのは失礼かもしれないが、私はクリフォード嬢の料理が食べたい。落ち着くし、元気が出る気がするのです」

彼の胃袋を掴んだ自覚のある私としては、そんなことを言われたら断れなかった。

今のローランドは、年の離れた弟や息子のような存在で『姉さんのご飯が食べたい』と言っているように聞こえてしまったのだ。

「伯爵様にそこまで言われてしまったら、嫌だなんて言えませんわよ。では、うちにランチにいらしてください。お義母様も伯爵様が来てくださったら、きっと大喜びするでしょう」

「……いいのですか？　ありがとう。楽しみにしています」

貴公子の微笑みは、今夜も破壊力が半端なかった。

　夜会の翌日、お義母様は朝からご機嫌だった。

「リーゼ、よくやったわ！　あのマクファーデン公爵令嬢を撃退したんですって？　さすが私の義娘よ！」

「いえ。私だけの力ではありません。オスカー様の力によるものです。それにウォーカー商会のドレスが私を守ってくれましたわ」

「オスカーは、令嬢を泣かせることや傷付けることが得意だからいいのよ。ふふっ、リーゼは社交は問題ないわね。今度は私とお茶会に行くわよ。みんなリーゼに会いたがっているの。昨日の夜会では令嬢達の相手で忙しそうにしていたから、紹介できなくて残念だったわ」

　見ていたならお義母様に助けてほしかった。でも自分自身の力で対応できないと貴族社会では生きていけないから、お義母様は遠くから見守るだけにしたのだろう。

「お義母様の友人の方とのお茶会ですか？」

「そうよ。私の友人達も令嬢や令息を連れてくるから、友人になるといいわ。夜会では忙しくて友人を作る暇もなかったようだし」

　確かに、私の貴族の友人はローランドしかいない。友人はたくさんいた方がいいに決まっている。

「お義母様、よろしくお願いします」

「もちろんよ」

◇　◇　◇

あの夜会から二週間ほど経った今日、ローランドがランチをするために邸《やしき》に来てくれた。

ローランドは可愛らしいガーベラのブーケをプレゼントしてくれる。あまりにもゴージャスで大袈裟な花束だと引いてしまうが、パステルカラーの可愛いらしいブーケなら、気楽な気持ちで受け取ることができるから嬉しい。

まだランチの時間には少し早いので、二人で庭のガゼボでお茶をする。

未婚男性と二人きりでお茶するのもどうかと思うが、真面目なローランドなら問題ないだろうと、お義母様は判断したようだ。

「この庭園は、綺麗に手入れされていて美しいですね」

「お義父様は花がお好きなようでして、庭園にもこだわりがあるようです」

「確かに、侯爵閣下と話をしているといろいろな花にお詳しかったですね。花言葉も詳しいと話されていましたよ」

「あのお義父様が花言葉ですか？　面白いですわね」

「クリフォード嬢は何か好きなことはありますか？　趣味などは？」

「私は、お菓子作りが好きでしたわ。オルダー伯爵様は？」

「私は読書や遠乗りが好きです」

ローランドとは普通に仲良くなっていたので、会話をするのも楽しくて盛り上がっていた。

そんな時、ありえない人物の声が聞こえてくる。

「お姉様ー！」

……え？　ティーナによく似た声が聞こえる。

「お姉様ー！　ご機嫌よう」

声のする方を見ると、ティーナと侍女らしき女性、護衛騎士数人と、王宮に行っていたはずのお義父様がこっちに向かって歩いてくる姿が見える。

ティーナが何でここにいるの？　顔を見られることは嬉しいけど……

「あちらは侯爵閣下と、……どちらの御令嬢でしょうか？」

ローランドは慌てて立ち上がる。

ティーナと初対面のローランドは、ティーナが王女殿下であることや王女殿下がうちの邸《やしき》に出入りしていることは知らない。

「あちらは王女殿下ですわ」

「もしかして……、陛下が裁判で話していた、貴女が助けたという王女殿下？」

「はい、その通りです。王女殿下は、明るくて可愛らしい方ですのよ。笑顔で優しく挨拶していただければ、きっとお喜びになると思いますわ」

ローランドと並んでお迎えする私に、ティーナはにっこりと微笑む。

私の姫様は今日も天使のような可愛さだ。

「お姉様、遊びに来ちゃったわ！」

「王女殿下ご機嫌よう。侯爵家にようこそ！　お元気そうな王女殿下にお会いできて嬉しいです」

「お姉様……、そちらはどなた？　もしかしてお姉様の王子様？　素敵ね！　お姉様とお似合いだわ！」

ティーナは一瞬で貴公子ローランドのカッコよさにハマったらしい。

ティーナの少し後ろにいたお義父様はティーナの話を聞き、笑いを堪えるのに必死なようだ。

ティーナは可愛いし、子供の話は聞いているだけで面白いから、笑いが自然に出てきてしまうのだろう。

「王女殿下。こちらは私の王子様ではなくて、オルダー伯爵様ですわ」

「えっ、お姉様の王子様じゃないの？」

貴公子ローランドは、小さな姫様の前で跪き、優しく微笑んで礼儀正しく自己紹介する。

ローランドのその笑顔、いいわよー！

「オルダー伯爵様、初めまして。私はクリスティーナです」

ティーナが王女殿下らしく挨拶している姿が可愛すぎる！

「王宮で仕事を終えて帰る時に王女殿下と偶然お会いしたんだが、遊びに行きたいとおっしゃってな……陛下が許可してくださったんだ」

お義父様はティーナに捕まって逃げられなかったようだ。

そして、急な外出を許可する国王陛下はティーナに激甘だ。

「そうでしたか。昼食はこちらでご一緒してもよろしいのでしょうか？」

「ああ。今日はオルダー伯爵とエリーゼがランチを一緒にすると話をしたら、王女殿下もぜひ一緒にと言われてきた」

「わかりました。王女殿下、今日の昼食はクリームシチューですがよろしいですか？　クッキーも焼きましょうか？」

実はローランドからリクエストがあったので、今日はクリームシチューを作る予定だった。

「クリームシチューが好きだから嬉しいな。クッキーも食べたい！」

「ふふっ。こちらのオルダー伯爵様も、クリームシチューがお好きのようですわよ。王女殿下と同じですわね」

その話を聞いて、ティーナの表情がパァーッと明るくなる。

「オルダー伯爵様もクリームシチューが好きなの？」

「はい。私も大好きです」

「ティーナと一緒だね！　ティーナはお姉様の料理が一番好きなの」

「はい。私も……クリフォード侯爵令嬢の料理が一番好きです」

ティーナに話しかけられて、恥ずかしそうに話すローランドも可愛く見えた。

そんな可愛い貴公子ローランドを気に入ったらしいティーナは、彼にたくさん話しかけて場の雰囲気を明るくしてくれる。

「お姉様、テーブルに飾ってあるお花が綺麗だわ！　ピンクと白とオレンジのお花が可愛いわね」

ティーナはピンクのお花が大好きだから、ローランドがくれたガーベラに目が留まったらしい。

「そちらの花は、オルダー伯爵様がプレゼントしてくださったガーベラですわ。とても綺麗で見ていると元気がもらえるので、私の大好きな花なのです」

「わー！　オルダー伯爵様はお花をプレゼントしてくれるなんて王子様みたい。素敵ね！」

「ふふっ。王女殿下が大きくなった時には、たくさんの花をプレゼントされるのでしょうね。今から楽しみですわ」

ティーナは昼食を食べておしゃべりを楽しんだ後、ご機嫌で帰っていった。

「オルダー伯爵様、突然、王女殿下がいらして驚かせてしまいましたわね」

「初めて王女殿下にお会いして驚きましたが、明るくて気さくな王女殿下とお話しできて楽しかったです。今まで幼い御令嬢に関わりありませんでしたが、王女殿下はとても可愛らしい方だと思いました」

ローランドもティーナの可愛さに落とされたようだ。

やっぱりティーナってすごいわ！

ローランドが帰った後、私は義両親とお茶をしている。

「リーゼはオルダー伯爵と本当に仲がいいのね。旦那様はどう思います？」

「私に聞かれても困る……ただ、オルダー伯爵は真面目で良い青年だ」

「ふふっ。お義母様はオルダー伯爵様のファンですよね。あの方は本当にいい人だと思いますわ。まだお若いのに一人で伯爵家を切り盛りして苦労なさっているのでしょうから、お義父様が助けてあげてくださいね。あの方は私の大切な友人ですから」

　お義父様は何となく、罰の悪そうな顔をしている。

　……何なの、その顔は？

「リーゼ、実は……急遽、王女殿下がうちに来たのは、王弟殿下が王女殿下を遊びに連れていってほしいと言い出したからなんだ」

「王弟殿下は王女殿下を可愛がっておられるからではないですか？　王女殿下の頼みなら何でも聞いてあげそうですもの」

「……オルダー伯爵がリーゼの作るランチを食べに来ると王宮の執務室で秘書官と話をしていたら、私に用があってやってきた王弟殿下に聞かれていたようだ」

　立ち聞きされたってことかな？

　王弟殿下は腹黒だけど、可愛がっている姪を喜ばせようと動いてくれたのかもしれない。

「王女殿下がこの邸《やしき》に遊びに来たがっているのを知っていたからでしょう。王弟殿下は、王女殿下にとって優しい叔父様なのですね」

　ハァーッとお義父様が深い溜息をついている。

「いや、私にはそれだけが理由には見えなかった。王弟殿下はすぐに国王陛下の元に行き、王女殿下の外出の許可を取ってきてくれた。本当は、今日は夕方まで王宮で仕事をする予定だったが、王女殿下がうちの邸《やしき》に来られることになったので、私は仕事を取りやめて帰ってきたんだ」

　お義父様はティーナがうちに来ることになったから、急遽予定を変更して帰ってきたのね。

「大変でしたわね。お仕事は大丈夫でしたの？」

「ああ、仕事は大丈夫だったが……エリーゼ、本当に王弟殿下とは何も特別な関係ではないよな？ 殿下はオルダー伯爵とリーゼが二人で過ごすのが嫌で、王女殿下を遊びに来させたのではないのか？」

またその話ですか……

「あの方とは何の関係もありません。私の中であの方は、あくまで王女殿下の叔父様という認識です。必要以上に関わるつもりはありませんわ」

私は無意識に強い口調で話をしていた。

「そうだよな……」

貴族令嬢という立場である以上、いつかは政略結婚をしなくてはいけないと理解している。しかし、普通に恋愛結婚をして、出産、育児をした前世の記憶がある私は、恋愛や結婚に対しての憧れは持てなかった。

私の中身はいい歳のおばちゃんだから、いまさら若い男性にときめいたりしないし、無駄に恋愛をするよりも安心や安定を優先した結婚がしたい。

何より、ジョアンナやマクファーデン公爵令嬢の態度を見たら、王弟殿下に関わるのは危険だと警戒してしまう。

この時の私は自分好みのすごいイケオジが現れるか、何か大きな変化や事件がない限りは恋とは無縁の人生を送るものだと思っていた。

後日、仕事から帰ってきたお義父様からティーナの手紙を渡される。

「リーゼ、王女殿下からの手紙を預かってきた。殿下は手紙を持って、私の執務室まで直接訪ねてきてくださったぞ」

お義母様は喜色満面に言う。

「まあ！　可愛い封筒だわ。早く読んで返事を書いてあげなさい。そうだわ！　今度、商会長に可愛いレターセットを取り寄せてほしいと依頼しないとね。王女殿下が喜びそうな、とびきり可愛いレターセットを用意してもらいましょう」

ティーナからの手紙と聞いて嬉しいけど、私よりも義両親の方が喜んでいるような……

早速、開封して読んでみる。

〝お姉様へ
この前はお姉様とオルダー伯爵様に会えて嬉しかったです。

お母様やおじさまに、伯爵様とお姉様が王子様とお姫様みたいでとってもお似合いだったと教えてあげました。

お母様は夜会でダンスをしていたお姉様が素敵だったと話していました。私もお姉様とパーティーに行って、一緒にダンスを踊りたいです。その時のドレスはお姉様にお願いしたいわ。

お姉様がくれたクッキーは、おじさまと一緒に美味しくいただきました。おじさまもお姉様に会いたがっているので、今度はお姉様が王宮に遊びに来てください。

お姉様、大好き。

クリスティーナより〟


前よりも文字が上手になったし、文章は侍女と一緒に考えているのかな？

ふふっ。一緒にパーティーに行ってダンスがしたいだなんて、相変わらず可愛いことを言うお姫様だわ。

ただ、王妃殿下や王弟殿下と仲良しなのはいいけど、ちょっと喋りすぎなのが気になる。

でも、こうやってママに手紙を書いてくれるティーナが可愛くて仕方がない。

私にとって、ティーナからの手紙を読んでいる時が一番癒される時間なのだから。

第四章　王女殿下のお茶会に招待されて王宮に来ている。

今日、私は王女殿下のお茶会と私の社交

王宮に来るのはあの夜会の日以来だ。

〝大好きなお姉様へ
お姉様を私のお茶会に招待します。ぜひ来てくださいね。楽しみにしています。
クリスティーナより〟

ティーナ直筆の可愛らしい招待状を渡されたら、断ることなんてできないわ！

張り切って準備をして王宮に向かうと、外国人モデルのような近衛騎士がお茶会の部屋まで案内してくれる。

案内された部屋の中は、ティーナが好きそうなピンクの花がたくさん飾ってあり、まるで結婚式場のようだ。

その華やかに飾り付けられた部屋で待つこと数分、王妃殿下とティーナがおいでになる。

王妃殿下は少年を連れていらして、初めて見るその彼は私より少し年下でティーナと同じキラキラ金髪の美形だった。

服装や外見を見てピンときた。この方は王妃殿下のご子息である王太子殿下だ。

「お姉様、ご機嫌よう」

場の雰囲気に呑まれて緊張しそうになるが、ティーナの笑顔に助けられる。

「エリーゼ、よく来てくれたわね。今日は私達だけのお茶会だから、堅苦しいことはなしよ。エリーゼに紹介するわ。私の息子でこの国の王太子であるエドワードよ。来月、社交界デビューを迎えるの」

やはり、このお方は次期国王。社交界デビューを迎えるということは十六歳くらいだと思うが、陛下や王弟殿下のように長身の美形で雰囲気が落ち着いているので、実年齢より大人っぽく見える。

「エドワードです。クリスティーナがいつも話をしてくれている〝お姉様〟にお会いすることを楽しみにしていました。どうぞよろしく！」

「エリーゼ・クリフォードでございます。どうぞよろしくお願いいたします」

この表向き柔らかな雰囲気は、気さくなのか裏があるのかがわからないから注意した方が良さそうだ。

その後のお茶会は、ティーナがいつものようにおしゃべりをして場を和ませてくれる。

「お姉様。このケーキがとても美味しいのよ。よろしければ召し上がってくださいっ！」

「ふふっ。王女殿下がオススメしてくださるなら、ぜひいただきたいですわ」

「お姉様、こっちのお菓子も美味しいのよ！」

「まあ、クリスティーナは今日もエリーゼにベッタリね」

「クリスティーナは、本当に〝お姉様〟が好きなんだな」

私とティーナが仲良くする様子を王妃殿下と王太子殿下は興味深そうに見ている。

ティーナのおしゃべりと王宮の最高級お菓子を楽しんでいると、王妃殿下が口を開く。

「そういえば、エリーゼにお願いがあるのよ」

王妃殿下からお願いがあると言われ、無意識に警戒する。

「はい。私にできることでしたら」

「クリスティーナはエリーゼが作ってくれるドレスが一番好きなんですって。材料はこちらで用意するから、ぜひエリーゼに作ってほしいの」

何を言われるのかとヒヤヒヤしたが、ドレスを作るくらいなら問題はなさそうだ。

「畏《かしこ》まりました。デザインはどのようにいたしましょうか？」

「エリーゼのお任せでお願いしたいのよ。クリスティーナがここに来る時に着ていたワンピースが素晴らしかったから、何の問題もないわ。実は、材料はすでに用意してあるの。今から作ってもらうことは可能かしら？」

王妃殿下は家事魔法でも見たいのかな？

でも、家事魔法ならすぐに仕立てられるから、何の問題もないのよね。

「針と糸、ハサミを貸していただければ可能でございます」

「まあ！　では、今からお願いするわ」

ノリノリの王妃殿下とご機嫌のティーナに手を引かれ別室に案内されると、豪華な布地や立派なソーイングセットが用意されていた。

「素敵な布地がたくさんありますわね。王女殿下、どのようなドレスになさいますか？」

「リボンをたくさんつけてほしいの。ピンクと薄い紫と水色がいいわ！」

ピンクだけにハマっていたティーナは、薄い紫や水色も好きになったようだ。ほかの色にも興味を持つようになったのも成長の一つなのかもしれない。

「はい。畏《かしこ》まりました。いろいろな種類のリボンがあるので、そのリボンを使って薔薇のお花も作りましょうか？」

「まあ！　リボンで薔薇が作れるの？　ぜひ見たいわ！」

それは王妃殿下の声だった。その様子からティーナよりも王妃殿下の方が興味津々のように窺える。

この国ではリボンで花を作ったりしないのかな？

そういえば、ドレスに宝石やリボンやフリルをつけたり花模様の刺繍が入っているのは見たことがあるけど、花を付けているのはないかもしれない。

商会の売上に貢献したいから、リボンで作った薔薇に王妃殿下が興味を持たれていたと商会長さんに急ぎで知らせてあげよう。

「はい。リボンで薔薇やカーネーションが作れますわ。オーガンジーとサテンのリボンがあるので、せっかくですからいろいろ作ってみましょうか？」

「楽しみだわ！」

間違いなく、王妃殿下の方が喜んでいる。

針や糸、ハサミがいくつも用意してあったので同時進行でドレスと薔薇の花作りができた。

「針や糸がひとりでに動いているわ。面白いわねー！　一流のテイラーよりも仕事が速いわね。おとぎ話の世界みたいだわー」

「母上……、少し落ち着いてください！」

王妃殿下は少女のように目をキラキラさせて、ドレスが作られる様子を見ていた。

王太子殿下はそんな王妃殿下に若干引いている。

「ああやって、リボンを巻いて薔薇を作るのねぇ。すごいわ！」

このリボンを巻いて作る薔薇は、前世で手芸の好きな友人がやっていたのを偶然見たから知っていただけで、決して私の考えたものではないのだけど……

ティーナに着せていたドレスやワンピースのデザインも、前世で娘の七五三に着せたドレスやロリータファッションを参考にしているだけで、私のセンスではないのだが、そんな事情を話せるはずもなく、でき上がったドレスとワンピースを見て、ティーナは飛び跳ねて喜んでくれた。

しかし、それ以上に喜んでいたのは……

「まあっ！　何て素敵なのかしら。薔薇の花がたくさん付いて、花の妖精みたいなドレスだわ。こっちのワンピースも、フリルやリボンがバランス良くちりばめられていて、デザインが凝っているわね。すごく可愛いわ！」

どうやら王妃殿下は私と一緒で、フリフリやリボンが大好きらしい。

王妃殿下が喜んでいる姿を見て私まで嬉しくなった。

「王妃殿下、身に余るお言葉をいただき、大変恐縮でございます」

「エリーゼ、貴女の魔法はすごいわよ！　ドレスもワンピースも、貴女のセンスは素晴らしいわ。また見せてほしいわね。クリスティーナもエリーゼにまたドレスを作ってもらいたいでしょ？」

「はい、お母様！　私はお姉様の作ったドレスが大好きです。また作ってほしいですわ」

天使の笑顔で私の作ったドレスが大好きだなんて言われたら……

「またドレスが必要な時は、いつでも声をお掛けくださいませ」

ティーナのためなら、専属のテイラーになっても構わないと思ってしまう。

ドレスを作った後、お茶を淹れ直すからと茶会の部屋に戻ったタイミングで、公務に戻られた。

せっかくお茶を用意していただいたから、一杯だけいただいて帰ろうかと考えていると、誰かが部屋に入ってきた。

「あっ、おじさまだわー！」

ティーナの声で王弟殿下が来たと気付き、サッと立ち上がってカーテシーをする。

「リーゼ、私的な場なのだから堅苦しい挨拶は不要だ。楽にしてくれ」

「おじさま、お姉様にドレスを作ってもらったのよ！」

ドレスを作ったことをニコニコ顔で報告するティーナを見て、王弟殿下は目を細める。

「クリスティーナはリーゼの作った服が一番好きだと言っていたもんな」

王弟殿下がティーナに向ける眼差しはとても優しかった。溺愛しているのがよく伝わってくる。

「執務が忙しい叔父上が茶会に顔を出すなんて珍しいですね」

「今日は偶然時間があったからな」

王太子殿下の話しぶりを見ると、忙しい中わざわざ来てくれたようだった。

何だか申し訳なく感じてしまう。

「王弟殿下、お忙しいところ、貴重なお時間を頂戴しまして大変恐縮です。義母が心配しますので、私はそろそろお暇させていただくつもりでした。殿下は大切な執務を優先してくださいませ」

「……！」

私なりに忙しい王弟殿下を気遣ったつもりだ。

しかし、王弟殿下は笑顔のまま固まってしまう。

「くっ、くっ……！　クリフォード侯爵令嬢は、本当に素敵な方ですね。ほかの令嬢なら私や叔父を無理に引き留めてでも近づいてやろうとギラギラした目で迫ってくるのに。私は欲のないクリフォード侯爵令嬢に好感を持ちました」

なぜか笑い出す王太子殿下。

「……それはありがとうございます？」

「エドワード、お前の立場で軽々しく令嬢に好感を持ったなどと言うな！」

「叔父上、それくらいで怒らないでください」

王弟殿下と王太子殿下は何となく親しそうに見えた。

結局その後、ティーナがみんなで話がしたいと言い、少しだけ話をしてから帰ることにした。

「クリフォード侯爵令嬢、馬車まで見送りをさせてくれ」

「お忙しい王弟殿下にそこまでしてもらうのは……」

「私もお姉様を馬車まで見送りたいわ！」

ティーナの勢いは止められず、結局王弟殿下とティーナが馬車まで見送ってくれた。

気付くと、ティーナは私の手を繋いで歩いている。

こうやって手を繋ぐと、二人で平民生活をしていたあの頃を思い出してしまう。

どこに行くにも、こうやって二人で手を繋いで歩いていたな……

あの頃と違うのは、手を繋ぐ私達の後には護衛騎士や侍女がゾロゾロ付いてくるということ。

ティーナはそんなことを全然気にせず、王弟殿下とも手を繋ぎだし、私達はティーナを真ん中にして三人で手を繋いで歩いていた。

しかし、ここは王宮のど真ん中の通路。王弟殿下と王女殿下が歩けば行き交う人達はサッと道を空けてくれる。

私達は王宮内で目立ちまくる集団になっていた。

目立つことを避けたかった私は、王女殿下や王弟殿下と並んで歩いて少しだけ後悔した。けれども嬉しそうに手を繋いでくる可愛いティーナを見たら、それくらいのことは我慢しようと思った。

◇　◇　◇

お義母様とお茶会に参加する日々を送っている内に、たくさんの貴族令嬢の友人ができた。婚約者や恋人のいる方ばかりで、みんな落ち着いた雰囲気の令嬢達だ。

そんなある日、私の元に貴族令嬢の試練ともいえる招待状が届く。

「リーゼ、マクファーデン公爵令嬢からお茶会のお誘いが来ているわよ。夜会でのお詫びがしたいのでぜひ来てほしいと書いてあるわ」

敵対する人物からの茶会の招待状だが、自分よりも身分が高い方からの招待は、余程の理由がない限り断れない。貴族のこういう付き合いが嫌だ。

しかし、お詫びって何だろう？

夜会で恥をかかされたから、自分のホームに呼び出して報復したいのかもしれない。

「お義母様、ワインを零されたくらいで、お詫びをしてもらうほどではありませんわ。むしろ私の存在が邪魔だからと公爵令嬢の立場を利用し、自分の取り巻きを使って報復でもするつもりでは？」

「……でしょうね。オスカーとリーゼに夜会で恥をかかされたから、あの令嬢の怒りは相当なはずよ。うちの家門はそれなりに強いから、公爵家からのお誘いであっても断ることはできるわ。リーゼ、どうする？」

「お断りしても、嫌な噂話を流されますよね？　公爵令嬢の誘いを断る無礼者だとか、お詫びする機会も与えない狭量な令嬢だとか、好き勝手言われそうですわ」

「あら！　わかっているじゃないの」

お義母様はあっけらかんとしている。さすが元公爵令嬢……。社交界の修羅場をくぐり抜けてきただけあって、タフな根性をお持ちのようだ。

「多少の嫌がらせで済みますよね？　命に関わりはしないでしょうから、我慢していってきますわ」

「さすがリーゼね、頑張って。もし過度の嫌がらせがあれば、こっちとしても黙っていないから大丈夫よ」

お母様の笑顔は今日も恐ろしかった……

お茶会の日の朝、私は笑顔のお義母様からあるものを渡された。

一つは、手のひらにのせられるくらいの小瓶だった。ぱっと見た感じはお高そうな香水のようだ。

「リーゼ、これは中和剤よ。この薬はまだこの国では珍しくて貴重な物らしいけど、媚薬や睡眠薬、ちょっとした毒なら中和してくれる優れものらしいわ。最近、社交界で有名になりつつあるリーゼを守るためにウォーカー商会の会長が他国から取り寄せてくれたのよ。リーゼのドレスには特注で隠しポケットが付いているのよね？　外出する時は、必ずそこに入れておきなさい。ふふ……。リーゼは本当に商会長に大切にされているのね。あんな大商会を味方につけている貴女を誇らしく思うわ」

太っ腹な商会長さん、ありがとう！

……と思いつつ、これ一本のお値段を考えると恐ろしくなる。

「あの女のことだから、リーゼの飲み物に媚薬を盛るくらいは普通にやると思うわ。気を付けてね」

私は笑顔で話すお義母様の方が怖いと思った。

「それとね、これも商会長からのプレゼントよ」

お義母様は、青い宝石の付いたチョーカーネックレスを着けてくれる。

「それも他国から取り寄せた最先端の魔法具らしいのよ。映像や音を記録できるって言われたのだけど、私は初めて見たわ。リーゼが帰ってきたら、ネックレスが記録した映像とやらを見るのを楽しみにしているわね」

前世でいう、ボイスレコーダーやカメラ機能付きのネックレスのようだ。何かされた時の証拠にでもするつもりなのだろう。

さらにお義母様は、あの女なら人を雇って私に乱暴させるくらいのこともするだろうから、何かあったら魔法で反撃してもいいわよとまで言っていた。

魔力が強い私なら、火と水を使った攻撃魔法もできるはずだから、と。

今まで攻撃魔法は使わなかったが、お義母様からするとできないなんて言わないで、いざという時はぶっつけ本番でやれってことらしい。間違いなく、うちのお義母様は鬼だ。

準備万端の状態で、私は今日の戦いの場であるマクファーデン公爵家に送り出された。

マクファーデン公爵家の邸《やしき》は、公爵家らしく広くて豪華な建物だった。とても大きくて、邸《やしき》というよりもヨーロッパ風のホテルみたいだ。

「クリフォード侯爵令嬢、ようこそお越しくださいました。お茶会の部屋までご案内いたします」

この国のお茶会って、普通は主催者かその家族が玄関先で出迎えるのがマナーだったはず。それなのに、なぜ若い下っ端みたいな従者に出迎えられているのだろう？

そういえば、王族だけは出迎えをしなかった。もしかして、マクファーデン公爵家も王族？

……違うわ。これは嫌がらせだ。アンタなんて、私や家族が出迎える価値すらないわよ……、みたいな。

従者に案内されたのは簡素な応接室だった。

こんな部屋でお茶会をするわけないだろうって突っ込みたくなるけど、ここは我慢しないと。

「こちらの部屋でお待ちください」

それだけ言うと従者は下がってしまった。私は嫌がらせがもう始まっているのだと確信した。

この部屋でしばらく待たされるのね……

結局、一時間半くらいその部屋で待たされた。

あくびが止まらず困っていると、ドアがノックされる。

「失礼いたします。大変申し訳ありませんでした。部屋を間違えて案内してしまったようです。すぐに別の部屋にご案内いたします」

さっきの若い従者とは違うメイドが部屋に入ってきた。

何となく、私を見下したような態度が引っかかる。

あのマクファーデン公爵令嬢の専属メイドなのだろうと直感で思った。

その時、一時間半も待たされてちょっぴりイラついていた。

「マクファーデン公爵令嬢はきっとお忙しいのでしょうね。私、出直して来ますわ。後日また伺いますとお伝えください」

今からお茶会の部屋に案内されても、仲間達と一緒になって無視するか、もうお開きにするなんて言われてクスクスと嘲笑されることしか考えられなかったから、行く必要はないと判断した。

『お茶会に慣れてない方だから、違う部屋に案内されたことに気付かなかったのかしら―』

『いつまで待っても来られないので、今日は欠席なのかと思っていましたわ。うちの従者がごめんなさいねぇ』

私の勝手な妄想だが、そんなことを言われる気がした。

お義母様から、クリフォード侯爵令嬢として舐められないように振る舞えと言われているから、私は強気でいくと決めた！

「……お嬢様がお待ちになっておりますのよ？」

感じ悪っ！　メイド風情が本性を出してきたようだ。

「そのマクファーデン公爵令嬢が私をお待ちになってくださっているのに、ここの使用人達はお茶会の部屋に案内すらもできなかったのかしら？　それに貴女のその態度、ゲストに対する態度にしては随分と失礼ね？　私は、貴女の主であるマクファーデン公爵令嬢から謝罪がしたいと言われて、ここに来ていると知らないのかしら？　マクファーデン公爵令嬢には、謝罪はもう結構だとお伝えください。それよりも、先に公爵家の使用人の躾をした方が良いのではと伝えてほしいわね。失礼いたします」

「お、お待ちください！　お嬢様からは、クリフォード侯爵令嬢をご案内するようにと言われております。どうか私どもの無礼をお許しくださいませ」

私の強気な態度を見て、メイドが焦り始める。

帰られるのは本気で困るらしい。仲間達といる場所に私を呼び出して、笑い者にでもしたいのだろうから。

「使用人の貴女が謝って済む問題ではないのよ。貴女方、使用人がしたことは誰の責任になるのかしら？　そのことも公爵令嬢に伝えてくださいね。失礼しますわ」

「お待ちください！」

後ろで必死に謝るメイドを無視して、私はさっさと帰ってきた。

「リーゼ、お茶会どうだった？　あら？　ドレスが汚れていないし、髪も綺麗なままね。あの女の取り巻きに頭からワインでもかけられて帰ってくるのかと思って、湯浴みの準備をしていたのよ」

お義母様……。貴女は一体どんな育ち方をして、そんなことを明るく話せるようになったのでしょうか？

私はお義母様に、公爵家での出来事を全て話した。

若い従者一人に出迎えられ、簡素な応接室で一時間半は待たされたこと。また、その後にやって来たメイドの失礼な態度についても報告した。

「お義母様。私はあの失礼なメイドを許して、黙ってお茶会の部屋に案内されて参加してくるべきだったのでしょうか？」

「クリフォード侯爵令嬢に謝罪したいと言って呼び出しておきながら、従者に出迎えさせ、違う部屋でずっと待たせた挙げ句に、失礼なメイドが呼びに来たのね？　そんな茶会は参加しなくて結構よ。そのまま茶会に参加して嫌味の応戦をするより、面白いことをしてきたわね。あとは私に任せなさい！」

お義母様は、私のしたことを怒らなかった。見方によっては、茶会から逃げ出したと思われるかもしれないのに。

その日の夕食時、お義母様は笑顔だった。

「あの後すぐに、私の友人達に早馬で文を届けてもらったわ。今日のマクファーデン公爵令嬢のお茶会での出来事が面白かったから、友人達にも教えてあげようと思ったの。きっと面白いことになるわよ」

わざわざ報告？　お義母様は何をしたいのかしら？

後日、私は社交の場でお義母様の行為の意味を知る。

「エリーゼ様、聞きましたわよ！　お茶会では大変でしたわねぇ。まさか公爵令嬢という立場の方が、お茶会のルールすら知らなかったなんて本当に驚きましたわ」

「ま、まあ！　あの時のお茶会の話でしょうか？　お恥ずかしいですわ」

この会話、社交場で何回繰り返したかわからない。それは今、社交界で密かに流れている噂話があるからだ。

〝マクファーデン公爵令嬢は、招待したゲストを従者に出迎えさせるほど、茶会のマナーを知らないようだ〟

〝マクファーデン公爵令嬢は、使用人の躾すらできない可哀想な令嬢〟

〝マクファーデン公爵令嬢は、公爵令嬢という強い立場を利用し、謝罪したいと強引に呼び出しておきながら、謝罪どころかさらに失態を重ねた恥知らずな令嬢〟

お義母様はこんな噂話を友人を使って流していた。

お義母様の友人達は、あの茶会のあった日の夜には、どっかの夜会でその噂話を流していたから恐ろしい……。

先にそんな噂話を流されてしまったら、いくらマクファーデン公爵令嬢が私が茶会を放棄したと噂話を流そうとしてもなかなか難しいだろう。

しかし相手は公爵令嬢。黙ってやられっぱなしの訳がない。

マクファーデン公爵令嬢とあの茶会にいたと思われる取り巻き令嬢達は必死になって、私が茶会をすっぽかしたという噂話を広めているようだ。

すると社交界では、どっちの噂話が正しいのかと面白おかしく話す者がたくさん出てくる。

マクファーデン公爵令嬢とクリフォード侯爵令嬢は、王弟殿下を巡って女の戦いをしているとまで言われる始末。

そんな時、王妃殿下からお茶会の招待状が届いた。

私やマクファーデン公爵令嬢などの未婚の令嬢を招待してお茶会をするので、ぜひ来てほしいと書いてある。

「王妃殿下は、マクファーデン公爵令嬢とリーゼに仲直りしてもらいたいみたいよ。同世代の令嬢達にも来てもらって、楽しい時間を過ごしてほしいと考えているみたいね」

「あの方との仲直りは難しいかと思いますわ」

マクファーデン公爵令嬢とは、仲直りする以前に友人でもないのだけど、これも貴族として生きていくための試練の一つらしい。


王妃殿下のお茶会の当日、私は王宮にやってきた。

お茶会の会場では、マクファーデン公爵令嬢とその取り巻き対私と友人とマクファーデン公爵令嬢が嫌いな令嬢という派閥のようなものができ上がっていた。

そんな気まずい中、先制攻撃をしてきたのはやはりあの方だった。

「クリフォード侯爵令嬢。先日はお茶会の約束をしていたのに酷いですわ。私はずっとお待ちしておりましたのに、約束を破った上に心当たりのない噂話まで流すだなんて」

今日のマクファーデン公爵令嬢は、か弱いヒロインを演じて戦うらしい。彼女がそんなキャラでないことは、この場にいる令嬢達はみんな知っているのに、なかなか肝の据わった人だ。

「マクファーデン公爵令嬢、ご機嫌よう。お約束の日、私は確かに公爵家にお邪魔いたしましたのに、やはり公爵家の使用人達からは何の報告も受けていらっしゃらないのね。あの日、私の対応をしてくれた公爵家のメイドには、使用人の躾をすべきではとマクファーデン公爵令嬢に伝えてほしいと私からお願いしたのですが、やはり報告すら受けていなかったようですわね」

バチバチと火花を散らしていると、鈴の鳴るような声が響く。

「みんな楽しんでいるかしら？」

そこにはお茶会の主催者である王妃殿下がいた。

その場にいた令嬢達は慌ててカーテシーをする。

「皆様、今日は来てくれてありがとう。マクファーデン公爵令嬢もクリフォード侯爵令嬢も、二人仲良く楽しんでくれたら嬉しいわ」

王妃殿下は笑顔で優しく声を掛けてくれたのだが、目が笑ってなかった。

怒らせてしまったかな？

私のお茶会の和やかな雰囲気をぶち壊すなんて許さなくてよ……、みたいな。

「王妃殿下、ご心配をおかけして申し訳ありません。私はクリフォード侯爵令嬢と仲良くしたいと思っているのですが……私の力不足で、クリフォード侯爵令嬢を理解するのが困難なのです」

サラッとキツいことを言ってくれるわ。まるで、私が頭のおかしい人だから、理解に苦しんでいるとでも言いたいのかしら。

「エリーゼったら、マクファーデン公爵令嬢を困らせたの？　ふふ……、面白いわね」

「王妃殿下、大変申し訳ありませんでした。私がマクファーデン公爵令嬢の期待通りに動かなかったのが悪かったのです」

「せっかく集まったのですから、楽しくお茶をしましょうね。今日は皆さまに最新の魔法具をお見せするわね。なかなか面白いから、きっと驚くと思うわ」

王妃殿下は令嬢方に腰かけるように声を掛けると、カーテンを閉めさせて部屋を暗くする。

王妃殿下の合図で、従者が魔法具らしき機械にスイッチを入れると壁に映像が映り出す。プロジェクターのような魔法具らしい。

映像には私の可愛い天使のティーナが、王宮の庭園らしき場所で花を摘んでいる様子が映し出されている。それは、映像のみで音声はなしのようだ。

ティーナは声も可愛いから、音声も入っていたら良かったのに。

「……すごいわ。こんな魔法具を初めて見たわよ」

「あの方が王女殿下？　可愛らしい様子がはっきりと映っているわ。まるで、本物の王女殿下がそこにいるかのように見えるわね」

「こんな魔法具があったのね！」

どの令嬢も初めて見る魔法具と映像、そして可愛いティーナに驚いているようだ。

「こんなすごい魔法具を見せてくださるなんて、さすが王妃殿下だわ！」

「王妃殿下は、やはり流行の最先端を知るお方なのね」

魔法具に驚く令嬢達にニッコリと微笑んだ王妃殿下はこれで終わらせるつもりはないようだ。

「みんなが喜んでくれて良かったわ。でもね、クリフォード侯爵家にも同じような魔法具があって、それは映像だけでなく音も再現できるって聞いたの。それを聞いてとても気になってしまってね。無理を言ってクリフォード侯爵夫人からお借りしてきたのよ。新しいものを知るのは、私達にとって大切でしょ？」

王妃殿下が従者の一人に合図を送ると、また違った魔法具が運ばれてくる。

魔法具には、商会長さんが私にプレゼントしてくれた青い宝石の付いたチョーカーネックレスが見える。

あの青い宝石を魔法具にはめて使うようで、何だかＵＳＢみたいだ。

もしかして……

気付いた時にはもう遅かった。

『クリフォード侯爵令嬢、ようこそお越しくださいました。お茶会の部屋までご案内いたします』

映像にはマクファーデン公爵家がドンと映っていて、私を出迎えた公爵家の若い従者とその従者のセリフまでもがこの場でハッキリと流された。

しかも、従者が私の名前を呼ぶシーンがあったので、この映像はお茶会に招待された私が撮ったものだとバレバレだ。

さらにその後に、私がお茶会の部屋とは別の簡素な応接室に案内されている様子や私を呼びに来たメイドの無礼な振る舞いがしっかりと映っている。

動画は少し編集されているようで、私の移動中の馬車の様子やマクファーデン公爵家で待たされている間の私のあくびの音はカットされていた。

しかしそれよりも、この映像の初めにマクファーデン公爵家の邸《やしき》が映り、マクファーデン公爵令嬢の専属メイドに見覚えのある令嬢がたくさんいたことで、あの日の茶会の真実がこの場にいる令嬢達にバレてしまったようで……

「……お茶会の噂話は本当でしたのね」

「映像に出てきたメイドは、マクファーデン公爵令嬢がよく連れていたメイドですわ」

「お茶会に来てくれなかったと嘘をついて、クリフォード侯爵令嬢を陥れようとしたのですわね」

「ずっと王弟殿下をお慕いしていましたのに全く相手にされないからと、クリフォード侯爵令嬢を僻《ひが》んでいたって有名ですもの」

「取り巻きの方々も信用できないわね」

たくさんの令嬢がマクファーデン公爵令嬢とその取り巻き達に冷ややかな目を向けている。

「あら、これはエリーゼが撮った映像だったのね。クリフォード侯爵夫人が面白い映像があると言っていたけれど、ここまで面白いとは思わなかったわ。エリーゼも言う時は言うのね。ふふ……」

最悪な雰囲気の中、王妃殿下の明るい声だけが響く。

今回はお義母様と王妃殿下にやられた。

マクファーデン公爵令嬢も私も、お義母様や王妃殿下に比べたらまだまだひよっこだ。

「王妃殿下。見苦しいものをお見せしてしまい、大変申し訳ありません」

「エリーゼが見苦しいのではなくて、公爵令嬢という立場でありながら、使用人を使ってつまらない嫌がらせをする方がよほど見苦しいわよ。使用人の躾ができないだとか、お茶会のマナーすら知らないだとか、噂通りだったようね……本当にガッカリしたわ」

『ガッカリしたわ』と言うところだけ王妃殿下の声が低くなったような……。怖いなぁ。

勝ち誇ったようにしていたマクファーデン公爵令嬢と取り巻き達の顔色が、一瞬で悪くなるのがわかった。

何とかして誤魔化したいのだろうが、あそこまでハッキリと映されてしまっては、弁解の余地もないようだ。

「はい、余興はお終い。楽しいお茶会を始めましょうね」

王妃殿下の合図で、美味しそうなスイーツや飲み物がたくさん運ばれてくる。

こんな雰囲気でお茶会などできるのかと思っていたのが、美味しい物を食べると自然と気分は良くなっていた。

スイーツに夢中になっていて気が付かなかったのだが、マクファーデン公爵令嬢と取り巻き令嬢達は途中で帰ってしまったようだ。

友人達はそんなマクファーデン公爵令嬢を警戒しているようだった。

「クリフォード侯爵令嬢。気を付けてくださいませ。マクファーデン公爵令嬢はまた何かを仕掛けてくるかもしれません」

「そうですわ。前にも恋敵の令嬢達に、裏でいろいろやっていたという黒い噂がありますから」

公爵令嬢は思った以上に手強いらしい。

でもその話の前に、私には否定したいことがあった。

「皆様は勘違いなさっているようですが、私は王弟殿下とは何の関係もありませんし、特別な感情もありません。王弟殿下にも迷惑を掛けてしまいますので、もし私が王弟殿下に特別な感情を持っている噂話を耳にしましたら、皆様には私の友人として全力で否定していただきたいのですわ」

あの腹黒の王弟殿下との関係を疑われたことがきっかけで、今回も嫌がらせをされているのだから、腹黒と私は何の関係もないということをハッキリと明言しておきたかった。

穏やかに生きていきたい私は、トラブルの多そうなモテすぎる男とは関わりたくないのだから。

「そうでしたか。わかりましたわ！」

「まあ！　やはり本命は、あの伯爵様なのかしら？　わかりました。王弟殿下とのことで何か耳にしましたら、エリーゼ様と殿下は、何の関係もないとお話しいたします」

また何か勘違いされている？

令嬢達は若者らしく恋バナが大好きなようだ。

どうせ結婚したら、平和な生活の維持と育児が最優先になって愛だの恋だの言っていられなくなるのに。

王妃殿下のお茶会の後、社交界では令嬢の頂点に君臨していたマクファーデン公爵令嬢が失脚したと噂になっていた。

これで今後は私に関わってこなければいいけど……

王妃殿下のお茶会から数日後、商会長さんがうちの邸《やしき》に来てくれた。

リボンで薔薇を作り、ティーナのドレスに付けたら王妃殿下がとても喜んでくれたと手紙で報告したら、商会長さんで薔薇の花のドレスを売り出したいと商会長さんがすぐに会いに来てくれたのだ。

商会長さんは、ドレスのデザイナーとテイラーらしき従業員を連れていた。

そして、商会長さんの少し後ろにいる人達を見て驚く。

「……女将《おかみ》さんと旦那さん？」

女将《おかみ》さんと旦那さんは、いつもと雰囲気が違っていた。

ここに来るために、女将《おかみ》さんはおめかしをしたのかな？

旦那さんも、お洒落なジャケットを着てイケオジ風だった。

「二人がずっとクリフォード侯爵令嬢を心配していたようですので、一緒に来てもらいました」

港町から王都まで結構な距離があるのに、わざわざお店を休みにして来てくれたようだ。

嬉しいな……

「皆様、遠路はるばる、義娘のために来ていただき感謝いたしますわ。リーゼ、貴女の大切な人達がわざわざ遠くから会いに来てくれたのだから、早く応接室に案内して差し上げなさい。私は大切なお客様達にお出しする、最高のお茶とお菓子を用意してくるわね」

「お義母様、ありがとうございます」

応接室にみんなを案内すると、豪華なスイーツやお茶がたくさん運ばれてくる。

お義母様は女将《おかみ》さんと旦那さんが来てくれたことを歓迎してくれているようだ。

「商会長さん、二人に会わせてくれてありがとう！　女将《おかみ》さんと旦那さん、わざわざ遠くから会いに来てくれて嬉しいです。いろいろと心配をかけてしまってごめんなさい」

「リーゼ……、元気そうで良かったよ。居なくなってしまった時はどうしようかと思ったけど、無事で良かった」

女将《おかみ》さんが目を潤ませている。優しい女将《おかみ》さんは、涙脆い人だったと思い出した。

「リーゼ、無事で何よりだ。ここで大切にされていると聞いて安心した。うちのが、リーゼはほかの貴族に虐められていないかとか、寂しがっていないかとかいろいろ心配していたが大丈夫そうだな」

久しぶりに聞く旦那さんの声は以前と変わらず、優しいお父さんのようだった。

ほかの貴族に虐められるどころか、お義母様の力を借りてやり返したのは黙っていよう……

「リーゼ、今度こそは自分の幸せを一番に考えるんだよ。今はそれが一番の心配事なんだ。早くいい人と結婚して落ち着いてほしいんだよ」

「お前がそう思っても、貴族は政略結婚だからなかなか難しいんだぞ。リーゼは名門の侯爵家の令嬢なんだから、変な奴と結婚することはないと思うが……」

女将《おかみ》さんと旦那さんの夫婦のやり取りを見ると癒される。相変わらず仲良し夫婦のようだ。

こんな時でも、私の結婚の心配をするところが女将《おかみ》さんらしい。

商会長さんとデザイナーさんは早速、リボンの薔薇をメインにしたドレスを売り出すと張り切っていた。

いろいろと話し込んでいたらあっという間に時間が過ぎていき、女将《おかみ》さん達が帰る時間を迎えた。

この後は王都に一泊し、明日には港町に帰るらしい。

女将《おかみ》さん達が帰る時に、お義母様が見送りに出てきてくれた。

お義母様は女将《おかみ》さん達にたくさんのお土産を用意してくれていた。私達がお茶をして話し込んでいる間に急いで用意してくれたのだろう。

「エリーゼの親代わりをしてくださったと聞いております。長い間、エリーゼを守ってくださりありがとうございました。どうかまたエリーゼの顔を見に来てください。エリーゼが喜びますから……」

「侯爵夫人、私達のような平民を温かく迎えてくださってありがとうございました。御令嬢は、十二歳で私達のところに来て毎日一生懸命働いてくれました。十五歳になる頃には、保護した赤ん坊を必死に育てて若いのに苦労ばかりでした。私の立場で御令嬢をこのように言うのは無礼かもしれませんが、真面目で優しい子で、私達夫婦の大切な娘です。私達はそんな御令嬢に幸せになってほしいと願っています。どうかよろしくお願いします」

旦那さんと女将《おかみ》さんが、お義母様に頭を下げている……

ううっ……。やっぱり二人は私の大切な両親だわ。

「どうか頭を上げてください。私達こそ、貴方達に感謝しておりますのよ。貴方達がリーゼを助けてくださったおかげで、私はこうやってリーゼを娘として迎えられたのですから。またお待ちしておりますわ。ねぇ、リーゼ？」

「はい。旦那さんも女将《おかみ》さんも商会長さん達もまた来てくださいね。今日は会いに来てくれてとっても嬉しかったです」

また会おうねと言って、女将《おかみ》さん達は帰っていった。

「お義母様。今日は女将《おかみ》さんと旦那さんを邸《やしき》に迎えてくださってありがとうございました。私にとっては大切な両親のような人達だったので、お義母様が丁重に扱ってくださってとても嬉しかったです」

「うちの義娘の命の恩人なのだから、丁重に扱うのは当然よ。あのご夫婦がいたから今のリーゼがいるのでしょう？　感謝しないといけないわ。それよりも女将《おかみ》さんはリーゼを相当心配しているようだから、そろそろ相手探しをしないといけないわね」

お義母様は意味深な笑顔を向けてくる。

「それは……お見合いを勧められているのでしょうか？」

「縁談の話はたくさん来ているのよ。身上書を見せましょうか。でも私は……、やっぱりオルダー伯爵様がいいわね！」

お義母様は相変わらずローランド推しのようだ。

「オルダー伯爵様と私は友人ですわ」

「ふふっ、とりあえずいろいろな殿方と会ってみましょうね」

今すぐの結婚に乗り気ではなく、一瞬で憂鬱な気分になってしまった。

◇　◇　◇

「お姉様、ご機嫌よう！」

「王女殿下、ご機嫌よう。ようこそ……えっ？」

今日はティーナが侯爵家に遊びに来る日。

餃子《ギョーザ》を作る約束をしていたので、材料を準備してティーナが来るのを待っていた私の目に入ったのは、大きな薔薇の花束を抱えた王弟殿下だった。

「お姉様、おじさまはお姉様の王子様になりたいんですって！」

無邪気なティーナは突拍子もないことを言っている。

この腹黒は普段は王弟殿下って呼ばれているけど、確か臣籍降下して公爵の身分だったはず。

王子様になりたいと言っても、王子様だった人でしょ？

それとも……王子様って、まさか！

「リーゼ、いつも美味しい食事をご馳走になっているから……、これは私から……感謝の気持ちだ。受け取ってくれないか？」

感謝の気持ちって、母の日でもあるまいし。

「まあ！　王弟殿下から真っ赤な薔薇の花をいただけるなんて素敵だわ」

大きすぎる薔薇の花束に若干引き気味でいると、お義母様のハキハキした声が聞こえてくる。

お義母様のその反応と視線は、早く黙って受け取りなさいという圧力に違いない。

「……王弟殿下、こんなに素敵な薔薇の花束を私は生まれて初めて見ました。ありがとうございます」

こんなにデカい薔薇の花束をもらうのは、前世も含めて初めてだ。芸能人が何かの授賞式でも

らってそうな、豪華な花束だった。

笑顔の王弟殿下から花束を受け取るが、想像以上にズッシリとしていて重い。

一体、何本あるのよ？

「王弟殿下、義娘にそのような立派な薔薇の花束をいただき、感謝しております。しかし、素晴らしい薔薇ですな。何本あるのでしょうか？」

私の心の叫びが通じたであろうお義父様が、王弟殿下に薔薇が何本あるのかを聞いてくれた。

「……百一本だ」

王弟殿下は、なぜか恥ずかしそうに答えている。

「ひゃ、百一本ですか？　赤い薔薇を！」

「ま、まあ！　王弟殿下は情熱的な方ですのねぇ」

お義父様とお義母様の驚き方が半端なかった。

高級な薔薇をこんなにたくさん用意できるのはすごいってことらしい。さすが王族だ。

しかし、受け取ったのはいいけど大きくて持っているのが大変だ。

「お嬢様、よろしければお預かりいたします」

侯爵家の家令は私の引き攣った笑顔にすぐに気が付いてくれた。とても優秀だ。

「ありがとう！」

ふうー、助かった。

「お姉様、私はピンクの薔薇の方が可愛いっておじさまに言ったの。でもおじさまはお姉様には赤い薔薇をプレゼントしたいんですって。そのかわり、私にはピンクの薔薇をプレゼントしてくれたのよ」

へぇー。王弟殿下は赤が好きなのかな？

でもティーナにはピンクの薔薇をプレゼントするなんて、素敵な叔父様だわ。

「王女殿下の好きな色の薔薇をプレゼントしてくださったのですね。素敵ですわ」

「うん！　すごく綺麗だから、お部屋に飾っているの！」

「良かったですね」

その後、昼食まで時間があるのでティーナと王弟殿下と一緒に庭園を散歩した。

「お姉様、また今度、王宮に遊びに来てほしいわ！　お兄様がまたお姉様とお茶をしたいって言っていたのよ」

ティーナのお兄様って、王太子殿下よね。

王太子殿下とお茶をしたなんてバレたら、年下の令嬢達からも敵視されそうで嫌なんだけど。

どうせなら、可愛いティーナと二人で過ごしたい。

「クリスティーナ、エドワードは婚約者候補の令嬢達との茶会で忙しいようだから、リーゼを王宮に呼ぶなら、エドワードではなく私が立ち会うよ」

王太子殿下は時期国王だから、今から婚約者を決めないといけないのか。若いのに大変ねぇ。

「えっ？　お兄様は、お姉様と私とのお茶会が一番大切だって言ってくれたのに……」

「エドワードは忙しい。代わりに私が付き合うから大丈夫だ」

ふふっ。王弟殿下はティーナが可愛くてしょうがないのね。

「ところで、今度のデビュタントの夜会だが、リーゼはパートナーは決まっているのか？」

「はい。もちろんですわ」

「……オルダー伯爵か？」

一瞬、王弟殿下の顔が引き攣ったように見えたけど、気のせいよね。

「いえ。義兄にお願いしましたわ」

お義母様が最後まで反対していたけど、あの偏屈さえ我慢すれば何とかなると思ったから、今回は義兄にパートナーをお願いしたのだ。

「クリフォード卿？」

王弟殿下はあの偏屈義兄がパートナーだなんて信じられないとでも言いたげな顔をしている。

「ええ。義兄ですから」

「そ、そうだよな。義兄だから頼みやすいよな」

「はい。義兄はああ見えて、とても頼りになるのです」

「リーゼとクリフォード卿は仲が良いのか？」

あの偏屈と仲良くできるのは、生き物ならウサギくらいしかいないだろう。

「義兄とは別々に住んでおりまして、普段は顔を合わせないので仲が良いわけではありませんが、まあ……、普通だと思いますわ」

「そうか、普通か」

この王弟殿下は何が言いたいのだろう？

その時、隣にいたティーナがとんでもないことを言い出す。

「おじさまはお姉様の王子様になって、一緒にパーティーに行きたいんですって！」

「……はい？」

ティーナは夜会をエスコートするパートナーを王子様と言っているようだ。

「クリスティーナ、そんなことを言ったらリーゼを困らせてしまうだろう。リーゼ、クリスティーナの言葉は気にしないでくれ」

王弟殿下が慌てているのが気になる。

もしかして、さっき私に夜会のパートナーについて聞いてきたのは……

「えー？　だってお兄様がそう言っていたわよ」

「クリスティーナ。エドワードの言葉をあまり本気にしてはダメだぞ。アイツはよく嘘をつくんだ」

「知らなかったわ。お兄様に嘘をついてはダメって教えてあげようかなぁ」

ティーナと王弟殿下のやり取りにほっこりしてしまう。

とりあえず今言えるのは、パートナーは義兄に決めておいて良かったということだ。

王弟殿下のエスコートでパーティーになんか行ったら全てが終わってしまう。もしかしたら、マクファーデン公爵令嬢によって、私の人生も終わらされてしまうかもしれない。

平和と安全、安定を望む私としては、王弟殿下と必要以上に親しくするつもりはない。

それにしても、ティーナは王弟殿下だけでなく王太子殿下とも仲良くしているようで何だか安心した。兄妹は仲が良い方がいい。義兄と私は無理だけど……

「お姉様、そろそろ餃子《ギョーザ》が食べたいわ！」

「では、そろそろ餃子《ギョーザ》作りをしましょうか？」

「うん！」

ティーナは、皮から手作りする餃子《ギョーザ》が大好きだった。今日は焼き餃子《ギョーザ》のほかに、餃子《ギョーザ》の皮でチーズを包んで揚げたチーズ揚げも作る予定だ。


ティーナと王弟殿下は、餃子《ギョーザ》とカリカリのチーズ揚げと食後のプリンに満足して帰っていった。

二人を乗せた馬車が見えなくなった時……

「エリーゼ、ちょっと三人で話をしよう」

真顔のお義父様を見るのは久しぶりだ。

お義父様とお義母様と、三人でお義父様の執務室に向かう。

その後、お義父様は使用人を全て下がらせてドアを閉めてしまった。

この雰囲気は、もしかしてお説教タイム？

「エリーゼ、お前は王弟殿下をどう思っているんだ？」

説教ではなく王弟殿下の話だと知り、私の肩の力が抜ける。

「……王女殿下の叔父様だと思っています」

「エリーゼ、あの百一本の赤い薔薇の意味をわかっているのか？」

「感謝の気持ちだとおっしゃっていたので受け取りましたが、何か意味でもあるのですか？」

お義父様とお義母様は残念そうな目を私に向けた。

「旦那様、リーゼは王弟殿下を何とも思っていませんわよ。私から見てもリーゼが王弟殿下に全く興味がないのがよくわかりますわ」

「……ハァー。どうすればいいんだ？」

あの冷静なお義父様が頭を抱えている。こんな姿を見るのは初めてだった。

「もしかして、あの薔薇は受け取るべきではなかったのでしょうか？」

「感謝だと言われて贈ってくださったのだから、受け取らないのは失礼になる。あの時は受け取るしかなかっただろうな」

では私はどうすれば良かったの？　なんだかモヤモヤする……

「リーゼ、もしもの話だけど、王弟殿下から婚約を申し込まれたらどうする？」

あの腹黒と婚約？　トラブルに巻き込まれるのがわかっているのに、絶対に受けたくない。

「困りますわ。王弟殿下を狙う令嬢達に目の敵にされるのも面倒ですし、マクファーデン公爵令嬢に命を狙われるかもしれません。それに王族に嫁ぐとなれば、学ばなければならないことがたくさんありますよね？　愛があるわけでもないのに、周りからの嫌がらせに耐えて公爵夫人の勉強を頑張る気にもなれませんわ」

「リーゼ、愛がないだなんて、はっきり言わなくても……」

お義母様は私に呆れているようだった。

「私は家族を大切にしてくれそうな方と平凡な結婚をしたいのです。少しくらい年が離れていてもいいですし、後添いでも構いません。性格が良くて真面目に仕事をしてくれる方なら、平民の方でもいいと思っています。王女殿下を可愛がってくれる王弟殿下は嫌いではありませんが、ああいう方と中途半端な気持ちで付き合っても、苦労しそうで嫌ですわ」

「リーゼは若いのに結婚に夢がないわねぇ。それよりも、王弟殿下と婚約したいとは思っていないってことでいいのね？」

「はい。王族との婚約は大変そうですし、興味ありませんわ」

「旦那様、聞きましたね？　リーゼは王弟殿下とは婚約したくないみたいですから、正式に婚約を申し込まれる前にリーゼに婚約者を決めてあげてください」

「お義母様、私に婚約者ですか？」

最近、やたら結婚を急かされていたこともあって、その話には少しウンザリしてしまう。

「リーゼ、王弟殿下がプレゼントしてくださった赤い薔薇の花言葉は、愛や恋、情熱だって知っていなかったのね？」

「百一本の薔薇の意味は〝これ以上にないほど愛している〟だぞ」

何ですってー！　そんなことは知らなかったわよ。

「えっと、私はその花言葉や薔薇の本数の意味を知らなかったのですが、王弟殿下もその意味を知らずに、薔薇が好きで贈ってくださっただけではないのですか？　私達は特別親しい間柄ではありませんから」

「それはない！　王族はプレゼントの意味を知らずに贈るなど絶対になさらない。令嬢に勘違いさせてしまえば、後々面倒になると重々ご存じだからな。花言葉くらい必ずご存じだし、そうでないなら調べさせるくらいはするはずだ」

「そうよ！　王女殿下も言っていらっしゃったでしょ？　王女殿下はピンクの薔薇が可愛いと言ったのに、王弟殿下はリーゼには赤い薔薇をプレゼントしたいと……」

確かにティーナはそう話していたが、そんなに深い意味があるなんて思わなかった。

何も知らずにいた自分が恥ずかしすぎる……

「王家から婚約の話が来てしまえば断れない。今のうちに婚約者を決めてしまうわよ！」

お義母様は、王弟殿下との婚約を敬遠しているように見えた。

元公爵令嬢のお義母様なら、王族との結婚には前向きなのかと思っていたので意外だ。

「王家と縁を結びたいと考える方はたくさんいらっしゃるはずなのに、お義母様はそうではないのですね」

「リーゼは望んでいないでしょ？　私達も、貴女が望まない相手との縁談は無理には受けようとは思わないのよ。リーゼは今まで苦労してきたのだし、貴女の親代わりの女将《おかみ》さん達の思いを大切にしたいわ。それに、王族と結婚するということはとにかく大変なのよ。旦那様、リーゼにそろそろ打ち明けてもいいのではないですか？」

「そうだな……」

この後、厳しい顔の義両親から語られる話に私は衝撃を受けた。

「リーゼ、貴女の母親のアンジェラの昔の話をするわね。アンジェラは貴女にとっては酷い母親かもしれないけど、昔はとても良い子だったのよ。婚約者に相応《ふさわ》しい人になりたいからと、勉学や淑女教育をとにかく頑張っていたわ。彼女は誰から見ても完璧な令嬢だった。優しくて美しくて、いつもたくさんの人に囲まれている子だったのよ」

私には母親らしいことなんて何一つしてくれなかった毒母。

産んでもらったことだけは感謝しているが……

「信じられませんわ」

「そうよね。リーゼが生まれた時には、すでにアンジェラは変わってしまっていたもの」

「母が変わる、何かきっかけがあったのでしょうか？」

「ああ……。アンジェラは今の国王陛下や王弟殿下の叔父にあたる、先代の王弟殿下が婚約者だったんだ。当時の王弟殿下がアンジェラに恋をし、王家から強く望まれて婚約者になった。だが、アンジェラは裏切られた」

普段は穏やかなお義父様が、悔しさを滲ませた表情をしている。

「裏切られたのですか？」

「そうだ。婚約者の王弟殿下と殿下の側近や護衛騎士達、アンジェラと仲の良かった幼馴染の令息が魅了魔法を使える男爵令嬢に操られたのだ。その結果、男爵令嬢と恋人のような関係になり、今まで仲の良かったアンジェラを憎み出して婚約破棄を突きつけたんだ」

「魅了魔法で婚約破棄ですか？」

「そうだ。あれは酷かった。しかし、彼らの人格があまりにも変わりすぎたことがきっかけで、魅了魔法にかかっていると判明した。だが、それがわかった時にはすでにアンジェラは殿下からの婚約破棄を受け入れて身を引いた後だった。あの時のアンジェラは心身ともにボロボロだった……」

大嫌いな毒母を、生まれて初めて可哀想だと思った瞬間だった。

「殿下はアンジェラを愛していたから、魅了魔法にかかっていたとはいえ酷い仕打ちをしたことや婚約破棄したことを後悔し、何度も謝罪したいとやって来た。しかしアンジェラはもう殿下とは婚約者ではないし、終わったことだから謝罪はいらないと言って会いはしなかった。魅了魔法に操られた殿下から暴力を受けたようで、接触すら苦痛だったのかもしれない」

暴力まで受けたなんて……。そこまでされた相手に会うのは辛かっただろう。

「アンジェラは修道院に行きたいと言い出したのだが、私の両親と先代の国王陛下はそれを許さなかった。アンジェラは何も悪くないのだから、修道院になど行かずに、普通に結婚して幸せになってほしいと考えたんだ。私もアンジェラが修道院に行くのは反対した」

「あの母が修道院に行きたいと言うほどに、弱っていたのですね」

「そうだったのだろうな……そんなアンジェラに婚約の打診をしてきたのが、当時、大金持ちのステール伯爵家の嫡男であったエリーゼの父であるカーティスだ。カーティスは人当たりがよく、熱心にアンジェラを口説いていたから、きっと結婚したら彼女を大切にしてくれるだろうと両親は期待したようだ」

なるほど……、ここであの毒父が登場してくるのか。

「しかし、結婚した後にアンジェラが身籠もると、カーティスは結婚前から内緒で囲っていた、平民の愛人の元に堂々と入り浸るようになったようだ。あの男は、自分に箔をつけるために侯爵令嬢のアンジェラを妻にしたかっただけのようだ」

その時には、すでにあの男は毒父だったらしい。本当に最悪だ。

「父に愛人がいると聞いていましたが、そんなに長い付き合いだとは知りませんでした」

「エリーゼも愛人の存在に気が付いていたのか？」

「ええ。使用人達が話をしているのを聞いたことがありますわ」

お義父様は、子供だった私が毒父の愛人の存在を知っているとは思っていなかったようで、複雑な表情を浮かべている。

「アンジェラが出産した後、エリーゼのお披露目会の時にアンジェラは私や両親に言ったんだ。これがお父様やお兄様の言う幸せなのですね……と。私も子供を産み終わって、伯爵夫人の一番の務めは果たしたので、今後は旦那様のように愛人でも作って好きにやろうと思いますわ……とな。蔑《さげす》むような目で私達を見ていたよ」

「やはり母は父を愛していなかったのですね。あんな父の血を引いた私なんて、関わりたくもないし興味も持てなかったのでしょう」

愛する人に裏切られたが、幸せを願う両親から別の人と無理に結婚させられ、そこでまた夫に裏切られた結果、人と向き合うことが嫌になってしまったのだろう。男性不信になってもおかしくない。

腐ったような性格の毒母が大嫌いだったが、初めから腐っていなかったと知り、何だか複雑な気持ちになってしまう。だからと言って、私に対する仕打ちは酷かったし、許せるものではないのだが。

しかし毒母の過去の話を聞いて、思っていた以上にショックを受けた。

「リーゼ、アンジェラを見て思ったけど、王族との婚約は本当に大変なのよ。令嬢達には僻《ひが》まれるし、当然のようにレベルの高いことを求められるわ。魅了魔法を使った男爵令嬢のような者に狙われるかもしれないし、生半端な気持ちで婚約すべきではないと思うの。本気でお慕いしていて、殿下をお支えしたいという強い気持ちを持てないなら、私は勧めないわ」

お義母様の言う通りだ……

あのマクファーデン公爵令嬢を筆頭とした、王弟殿下を狙う令嬢達と戦いながら、公爵夫人に必要な勉強をするってことでしょ？　私はあの腹黒のためにそこまで頑張りたいとは思わない。

何事もそこそこでいいやって考えの私には向かない縁談だと思う。

あの毒母はそういうことに耐えながら頑張っていたのだろう。大嫌いだったけど、そんなところはすごいと思うし尊敬する。

「私はアンジェラのことで何度も後悔をしてきたから、エリーゼの望まない婚約はさせたくないと思っている。全て終わったが、あれがきっかけでエリーゼは不幸な幼少期を過ごしたのだ。だから、エリーゼが婚約してもいいと思える人を探そう。ただ、エリーゼは侯爵令嬢なのだから平民は認められないぞ。後添いもダメだ。前妻の子供に虐められる可能性があるし、夫が亡くなったらどのような扱いをされるかわからないからな」

実の両親には恵まれなかった私だが、今の義両親は私を大切に思ってくれていて嬉しい。

本当はまだ婚約者を探す気にはなれない。けど、そんな悠長なことは言っていられないなら……

「わかりました。真剣に婚約者探しをいたします。ただ、お義父様やお義母様が気に入ってくれる方にしたいですわ。私は周りに祝福されて結婚したいと思っていますから」

「そうね。うちの息子の方は結婚できるかわからないから、リーゼの結婚は盛大にお祝いしたいと思っているの。素敵な人を探しましょうね。私はオルダー伯爵様がいいけど……」

お義母様は相変わらず、ローランド推しのようだ。

「お義母様、オルダー伯爵様はとてもいい方ですが私達は友人です。オルダー伯爵様は、もしお義母様やお義父様が私との婚約を勧めたら、自分の感情を押し殺して私と婚約をしてくれるかもしれません。しかし、私はそんな婚約は望んでいませんわ。私のように、真剣に婚約者を探しておられる令息達に会ってみようかと思います。お義母様が話していた身上書も見せてもらいたいですわ」

「では早速、身上書を見せましょうね」

こうして私は異世界で婚活を始めることになった。

婚活をすると決めて、夜会にも積極的に参加した。

今夜はデビュタントの夜会に来ていて、エスコートはもちろんあのお方だ。

「エリーゼ。今日の主役は今年成人を迎える令嬢や令息、王太子殿下のはずなのに、なぜ主役でもないお前がそんなに派手なドレスを着ているんだ？　肌も露出しすぎではないのか？」

久しぶりに顔を合わせた義兄は、私を一目見て偏屈らしい言葉を口にする。

今、気付いたけど、この人は義兄というよりも姑《しゅうとめ》？

嫁子さん、その服装はうちの嫁として相応《ふさわ》しくないわよ……、みたいな。

「このドレスはお義母様が選んでくださったのですが、少し派手でしたか？　実は、私はあまりドレスに詳しくないのです。もし可能ならば、次回はお義兄様にドレスを選んでいただいてもよろしいでしょうか？」

嘘はついていない。ドレスはいつもお義母様が楽しそうに選んでくれるから、私は黙って従っている。

社交のプロであるお義母様が、ＴＰＯに合った衣装を上手く選んでくれるから、私はそれでいいと思っていた。

ちなみに今日のドレスは、薄いピンクのマーメイドラインのドレスで派手ではないと思うのだが、義兄は受け付けないようだ。

「それは母上が選んだのか？　ハァー。母上は年甲斐もなく派手好きだからな。わかった。次回は私が選んでやってもいい。デザイナーを呼ぶ前に私にも声を掛けるように。お前が場違いな服装をすると、私や侯爵家の恥になるからな」

……嘘でしょ？

底冷えするような目で睨まれて、ドレス選びなんて私にやらせるなとか言われて、話は終わると思っていたのに。偏屈の扱いは難しい。

「……その時はよろしくお願いいたします」

「私も仕事が忙しいから、その時は早めに声を掛けてくれ」

「承知しました」

ドレス選びの場に義兄を呼んだら、お義母様と義兄で親子喧嘩になりそうだ。忘れたフリして呼ばないようにしよう。

「ところで今日の夜会は、私がお前のエスコート役で良かったのか？　オルダー伯爵には頼まなかったのか？」

「頼りになるお義兄様にお願いしたかったのです」

「そうか……」

婚活中なのだから、エスコートは身内に頼むべきだと思っている。

ローランドや王弟殿下のファンの令嬢達に絡まれないためにも、義兄にエスコートを頼んだのは内緒だ。

しかし義兄といると、この前のローランドとの夜会で令嬢達に絡まれまくったことが嘘のように誰も寄ってこない。

そんな中、私に声を掛けてくれるのは私の友人になった令嬢やお義母様の友人だけ。面倒そうな人は誰一人寄ってこなかった。

「オスカー、令嬢をエスコートしているなんて珍しいな」

「ああ。これは私の義妹だ」

「えっ？　君がオスカーの義妹？」

「エリーゼ・クリフォードと申します。どうぞよろしくお願いいたします」

突然、義兄の友人に話しかけられる。偏屈の友人とは思えないほど、爽やかなイケメンって感じの令息だった。

「私はセドリック・カールトンだ。オスカーとは学生時代からの友人だ。よろしく！」

「おい！　義妹に馴れ馴れしくするな」

「挨拶しただけだろう？　怒るなよ」

確かに、昔からの付き合いのような雰囲気で話をしている。

この方は偏屈な義兄と仲良くできるくらいに良い人なのかもしれない。

その時、私はあることに気付く。偏屈な義兄の友人も縁談相手としてはいいかもしれない。

こんな義兄と仲良くできるくらいなのだから、義兄の友人はとても良い人か、変わり者のどちらかのはず。変わり者は避けて、いい人そうな友人を私が狙うのは結構いい作戦かもしれない。

「ふふっ。お義兄様のご友人は楽しそうな方ですわね」

義兄の友人達とは仲良くなっていた方がいいだろうと判断して、カールトン様に微笑みながら話をするのだが……

「クリフォード嬢。少し小耳に挟んだのだが、例の公爵令嬢は、両親を怒らせたらしくて謹慎しているようだ。今のうちに王弟殿下との仲を深められるな。私はクリフォード嬢を応援しているから、頑張って！」

爽やかイケメンに、笑顔で殿下との関係を応援していると言われ、言葉を失ってしまった。

「……」

「私は何か失礼なことを……？」

「カールトン様。私と殿下はそのような関係ではありませんし、お互いそのような感情は持っておりませんわ。殿下の迷惑になってしまうので、そんな話を耳にされたら、私が強く否定していたとお伝えしていただきたいと思います」

「それは失礼！　私は近衛騎士をしているのでいろいろな噂話を聞く機会が多いのだが、今後クリフォード嬢と殿下の噂を聞いたら否定しておこう。申し訳ない」

「わかってくださって嬉しく思いますわ」

その後も、義兄の友人から話しかけられる度に同じようなことを言われ、私は噂を否定し続けた。

こんな噂話が広まっていたら、私の婚活の大きな障害になってしまう。何とかしないと……

もういろいろと面倒だから、マクファーデン公爵令嬢の恋の応援でもして、二人にくっついてもらおうか？

マクファーデン公爵令嬢なら身分的に問題はないし、美男美女でお似合いだ。どうして彼女とは仲良くしないのだろう？

「エリーゼ、私の友人達と話をして疲れたのではないか？　バルコニーに涼みに行くか」

偏屈な義兄が恐ろしいくらいの気遣いを見せてくれる。

しかし、笑顔で頷こうとした私に義兄は言い放つ。

「勘違いするな。疲れたような酷い顔で、デビュタントを祝う夜会にいること自体が我が侯爵家の恥になるからな」

もっと優しい言葉を掛けてくれてもいいのに。

「お義兄様、わかっておりますわ。申し訳ありません」

バルコニーにあるイスに座って休憩していると、義兄は飲み物を持ってきてくれた。

「給使に飲み物を運ばせると飲み物を運んで来る途中で、誰に何を盛られるかわからないからな。こんな時は特に気を付けろ」

「はい。ご配慮ありがとうございます」

口の悪い偏屈義兄だけど、根は優しい人なのかな？　この人はよくわからない。

お互い無言でレモン水を飲んだ後、沈黙を破ったのは義兄だった。

「ほかの令嬢なら、あの王弟殿下と噂になれたことを得意になって自慢するのに、あんな風にハッキリと否定してしまって良かったのか？」

「私にとっては厄介な噂話としか思えませんわ。令嬢達には目の敵にされますし、こんな噂話があったら私の婚約者が見つからなくなってしまうかもしれません。ハッキリと噂話を否定しています。王宮で働いているお義兄様からも否定してくださったらありがたく思いますわ」

すると、いつも私を見下していた義兄の態度が変化した。

「わかった。その……、勘違いして悪かったな。私はエリーゼが殿下に上手く取り入って仲良くなったのかと思っていた。男に媚を売る下賤で卑しい、嫌な女だと思っていたんだ。殿下との噂話も、裏で得意になって自慢しているのだと思い込んでいたのだが、お前を見ていてそんなことはないと気付いた。すまなかった」

偏屈義兄が謝る姿は衝撃でしかなかった。

しかし、あの底冷えするような目で私を見ていたのは、そういう思い込みが原因だとは。下賤で卑しい嫌な女だと言うなんて、どれだけ義兄は女嫌いなんだろう？　女性絡みで、何か酷い経験でもしたのだろうか。

「誤解が解けたなら良かったです。私の兄妹はお義兄様しかいませんから、仲良くしてくださると嬉しく思います」

「そう言ってくれると助かる」

これは、偏屈義兄と和解ができたと思っていいのだろうか？

その後、緊張しながら義兄と一曲だけ踊り、そろそろ帰ろうかとなった時……

「クリフォード卿、久しぶりだ」

この声は！

「王弟殿下、ご機嫌麗しゅうございます」

「クリフォード嬢も、久しぶりではないが元気そうで何よりだ」

久しぶりではないが元気そう？　何だか変な挨拶だ。

「王弟殿下、ご機嫌よう」

「クリフォード嬢、この後、良かったら……」

はっ！　これはダンスに誘われてしまうかもと思った瞬間、義兄の行動は早かった。

「エリーゼ、顔色が悪いな。まだ夜会に慣れてないから疲れてしまったか？」

「ええ、お義兄様、少し疲れてしまったようです」

「クリフォード嬢、具合が悪い時に呼び止めてしまって悪かったな。すぐに帰って休んでくれ。無理は良くない」

「殿下、義妹が申し訳ありません」

「王弟殿下、失礼いたします」

危なかったー！　あの会話の感じだと、ダンスにでも誘われていたかもしれない。

「お義兄様、ありがとうございました」

「気にするな。あの場でダンスなんて踊ったら、噂話が真実だと思われてしまう。エリーゼにその気がないのなら、上手く避けるしかないだろう」

私の偏屈義兄は味方にすれば頼りになる人なのかもしれない。


後日、ティーナが手紙をくれたことがきっかけで、また王宮のお茶会に招待していただくことになった。お茶会といっても、ティーナと私だけのおやつパーティーみたいなもので、二人きりで楽しく過ごしていたのだが……

「お姉様に聞きたいことがあるの」

「何でしょうか？」

「お姉様の本当の王子様って誰なのかしら？　この前の夜会でお姉様はお姉様のお兄様としかダンスを踊っていなかったって聞いたの。オルダー伯爵様とは一緒じゃなくて、お兄様と仲良く過ごしていたって聞いて、あのお兄様が王子様に決まったのかなぁって」

「ぶっ……、ゲホッ、ゲホッ！」

このお姫様はなんてことを聞いてくるの？　紅茶を吹き出しそうになってしまったわよ。

しかも、私が義兄と一緒に夜会に来ていたことやダンスをしたことまで知っているなんて、どうして？

「えっと……、私の王子様がまだ現れないので、それまでは義兄と一緒に夜会に行くことにしましたわ。王女殿下も兄君である王太子殿下と仲良しですよね？　私と義兄も、王女殿下と王太子殿下のような仲良し兄妹になりたいと思っているのです」

そんなことは全く思ってないが、可愛くて純粋なティーナに義兄が偏屈だなんて言えないし、夜会で面倒な人から絡まれたくないから義兄を頼っているのだとも言えない。

「うん。ティーナとお兄様は仲良しだよ。そっかー！　まだお姉様の王子様は決まっていないのね」

「ええ。今探していますのよ」

ティーナが王子様ネタが好きなのは知っていたが、今日は何かを企むような笑みを浮かべている。

「ねぇ、お姉様。おじさまはお姉様の王子様になれないのかしら？　おじさまがお姉様の王子様になれば、お姉様はティーナの本当の家族になれるんですって！」

誰……？　誰が純粋なティーナにそんなことを吹き込んだのよ！

叫びたい気分になるが、期待を込めた目で私を見つめるティーナの前で粗相はできない。

「そんなことをしなくても、王女殿下は私にとって家族以上に大切ですわ。私の一番の宝物です」

「それは本当？」

「ええ。一番大好きです！　みんなには内緒ですわよ」

「私もお姉様が大好きよ！」

大好きと言って嬉しそうにするティーナは天使だった。あー、今日も癒される。

「ふふ……。ところで、私の夜会でのことや王弟殿下が私の王子様になればいいと、王女殿下にいろいろと教えてくれた親切な人は誰でしょうか？」

「うーん。内緒なんだけどね……」

幼いティーナに口止めをするなんて、一体誰よ？

「お姉様が大好きだから、教えちゃおうかな」

「王女殿下に聞いたとは、誰にも話さないようにします。秘密は守りますわ」

「それはね……、お父様とお母様なの。絶対に秘密よ！」

——聞かなければよかったと強く後悔した。

「……ええ。絶対に秘密にしますわ。約束しましょう」

国王陛下と王妃殿下が話していたと他言したら私の命に関わってきそうだ。

絶対に言えない。

「お姉様。この後、中庭で隠れんぼをしましょう！」

「はい。天気が良いので外に行くのもいいですね」

これからは、ティーナが内緒だと言ったことをむやみに聞き出すのはやめよう。

第五章　狙われた王女殿下

　その日、私は真剣になって身上書を見ていた。

「リーゼ。その子息は美形で性格も穏やかでいい人みたいよ。でも子息の妹君が素晴らしく性格が悪いらしくてね……、兄である子息の縁談を何度も破談にさせているって有名なのよね」

　強烈な小姑がいる方はないな。次の身上書を見てみよう。

「……あ！　その令息はね、知的でとても優秀だと評判よ。そこの家族は全員が優秀で、国の要職についている人が多いの。その分、嫁に求められることも……」

「私には務まりませんわね。次の方……」

「そちらの令息は、ご家族も令息もいい人よ！」

「まあ！　一度お会いしてみたいですわ」

「ただね、その方は女性よりも男性が好きだって噂が……」

「次の方！」

「あっ、その令息はすでに愛人に子供がいると噂があって……」

「お義母様！　私に身上書を送ってきた人で、まともな方はいないのでしょうか？」

　私は高望みをしているつもりはない。前世で一度結婚していたから、完璧な人がいないことは知っているし、結婚に多少の妥協が必要だとわかっているつもりだ。

それなのに、ここにある身上書は訳ありの人ばかりで話にならない。

「まともな方はこれくらいの年齢になるとすでに婚約者がいる場合が多いのよ。それに本人がまともでも、家族が訳ありということは珍しくないの」

「確かに素敵な方は、すでに奥様か婚約者がいらっしゃいますよね……」

「まともな方からの身上書も届いていたから、ぜひ顔合わせの場を設けたいと何人かに連絡してみたのよ。だけど、別に好きな人ができたとか、やはりまだ結婚は早いとか言われて急に断られてしまったの」

はあ？　身上書を送っておきながら断るなんて私に対して失礼だわ。

「お義母様。私はお見合いすらできないのでしょうか？」

「そうねぇ、王弟殿下ならすぐにお見合いをしてくれそうだわ」

「……」

「そんなに嫌そうにしないでちょうだい。先日、王妃殿下が高位貴族の夫人だけを招待したお茶会があったのは知っているわね？　その時にほかの夫人のいる前で、王妃殿下から言われてしまったのよ」

王妃殿下と聞いて嫌な予感がする。

「オルダー伯爵は素敵だけど、うちのアルベルトにも目を向けてくれたら嬉しいわって……王妃殿下の隣の席を陣取っていた、マクファーデン公爵夫人の顔が引き攣っていたわね」

お茶会で王妃殿下がそんなことを言えば、また変な噂話が流れてしまうわよ。

「王妃殿下は何のためにわざわざお茶会でそのようなことをおっしゃったのでしょうか？　マクファーデン公爵夫人に聞かれていたなんて、また令嬢に嫌がらせをされますわ。暗殺者に狙われてしまうかも！」

あの令嬢のことだから、また取り巻きをつれて私に嫌がらせをしてくるかもしれない。

「マクファーデン公爵家に対して、王弟殿下を諦めろという意味のメッセージだと思うの。その場にいたほかの夫人達に対しては、王家でリーゼを狙っているから手を出さないようにという牽制かもしれないわ」

私のいないところで、王妃殿下はなんて恐ろしいことを！

「それで、身上書を送ってくれた方が顔合わせを断ってきたのでしょうか？」

「そうかもしれないし、どうでしょうね。どちらにしても、それくらいで引き下がるような相手とは上手くいかないわよ。高位貴族の縁談は、多少の横槍が入るのは仕方がないことなの。マクファーデン公爵夫人も王妃殿下がそんな話をしているのを聞いたら、令嬢には身を引くように話すしかないわね」

貴族の結婚は本当に大変だ。平民の自由な生活が懐かしく感じる。

「お義母様。もし私が結婚が無理そうであれば平民に戻りたいと思っていますわ。いつまでも未婚のままでこの侯爵家に迷惑を掛けるわけにはいきませんので」

「大丈夫よ。その時は、オスカーがリーゼの面倒を見てくれるわ」

あの口煩い偏屈の世話になれと？　ますます嫌だわ。

「オスカー様の結婚相手になる方にも悪いので、無駄なことはせずに潔く平民に戻るつもりです。ところで、私よりもオスカー様の縁談を優先されては？」

「無理よ。今だから言えるけど、前に何度か縁談の話はあったのに、オスカーが受け付けなかったの。あの気難しい性格のオスカーが、珍しくリーゼを気にしているようだから大丈夫よ」

全然大丈夫じゃない。今は別々に住んでいて、滅多に顔を合わせないからマシなだけなのに。

「お義母様、マクファーデン公爵令嬢はとても美しい方ですわ。身分も公爵令嬢ですし、王弟殿下に最も相応《ふさわ》しいお方だと思うのですが、なぜマクファーデン公爵令嬢ではダメなのですか？」

「マクファーデン公爵令嬢の本性がバレているのかもしれないわ。自分に恋慕する子息を使って、裏でいろいろやっていると聞くわよ。オスカーもそれを知っているからあんなに嫌っているのかもしれない」

やっぱり、いろいろな意味で裏表のないジョアンナの方が可愛い。

「それとね、マクファーデン公爵家は一応は中立派だけど、貴族派に近い中立派だから、王妃殿下もあまりお好きではないみたいね」

「そうでしたか」

大人の事情があるのね……。

「王弟殿下を逃すと、マクファーデン公爵令嬢がこの国で嫁げる家門は、うちの侯爵家か伯爵家から下の爵位になってしまうから必死のようね。王弟殿下を追いかけている間にほかの高位貴族の令息は婚約者を決めたり、結婚したりしてしまったのよ。もう理想的な相手は残っていないの」

マクファーデン公爵令嬢も私と一緒で婚活に苦労しているようだ。

私だけでないと知り、ちょっとだけ安心する。

お義母様と身上書を見ながら世間話をしていると、深刻な表情をしたお義父様がやって来る。

お義父様は仕事で王宮に行っていたが、今日は帰りが早いようだ。

「エリーゼ。落ち着いて聞いてほしいことがある」

「……何かあったのですか？」

「王女殿下が刺客に襲われそうになったらしい」

「……え？」

突然のことに頭の中が真っ白になる。

「護衛と侍女がすぐに気付いて対処したから、王女殿下に怪我はなかったようだ。しかし、ショックを受けた王女殿下は、食事もせずに部屋に引き籠っているらしい。エリーゼと一緒に港町に帰りたいと言って泣いているようだ」

ティーナが刺客に襲われそうになった……？

怪我がなかったと聞いても、胸がドクドクして不安でおかしくなりそうだ。

「……どうして王女殿下が？」

「王女殿下は、ラリーア国の王太子妃で国王陛下の妹君であるマーガレット王女の娘なのは知っているな？　ラリーア国の大公がクーデターを起こして国王一家が暗殺され、その中で王女殿下だけが生き残り、その王女殿下をエリーゼが偶然見つけて育てたのだ。今のラリーア国の王からすれば、王女殿下は邪魔な存在になる」

「王女殿下は国外にいるのに狙われるのですか？」

「まだラリーア国の刺客とは断定していないが、王女殿下を狙うのであれば、あの国の関係者以外にありえない。陛下達は、王女殿下がラリーア国から遠く離れた我が国にいるから大丈夫だろうと思っていた。今頃になって命を狙われるなんて誰も予想していなかったから驚いている」

ティーナの両親の命を奪っただけでなく、まだ幼くて何の力もないティーナ本人まで狙うなんて、どこまで非情なことをするのか。怒りで震えそうになる。

「国王が代わってから、ラリーア国内情勢はガタガタで上手くいっていないようだ。貴族や国民の中には、前の国王の方が良かったと言う者が多くいると聞く。我が国はクーデターでマーガレット王女を殺されたこともあり、あの国とは断交しているから情報が錯綜している状態だ」

ティーナは、なぜ自分が狙われたのかをよく知らないだろう。

事情を知らずに、不安と恐怖で震えているに違いない。

「エリーゼ……、王女殿下がお前に会いたがっているらしい。陛下もエリーゼに弱っている王女殿下の側にいてほしいと考えているようだ。だが、また刺客に襲われる可能性があって危険だから無理はしなくていいと言われている。私は義娘を危険な場所にはやりたくない。断ってもいいか？」

ティーナが私を呼んでくれているなら私は迷わない。

「私は王女殿下に会いに行きたいと思います。私には断る理由はありませんわ」

怖くて泣いているのだろう。私はそんなティーナの側にいたい。

「しかし、また刺客がやって来るかもしれない。護衛騎士はいるが、最優先されるのは王女殿下だ。エリーゼが巻き込まれて怪我をする可能性がある。お前が女騎士だったら許可したかもしれないが、お前は普通の令嬢なんだぞ。そんな危険な場所に行かせるなんて絶対にダメだ！」

普段は穏やかなお義父様が声を荒らげている。

それくらい、今のティーナの側にいるのは危険なのだろう。

「いざという時は、魔法で刺客の髪の毛を焦がしたり、ちょっぴり熱いお湯で反撃するくらいはしてもいいですよね……、お義母様？」

「ふふっ。王女殿下を守るためなら、それくらいは大丈夫だと思うわ。ただ、王宮を壊したり燃やしたりするのはダメよ」

「わかっておりますわ。では、私は王宮に参ります」

「私は反対だと言っている！　王女殿下の側仕えとして一緒にいることになるのだから、とても危険なんだ。王女殿下もエリーゼを離さないだろうから、いつ戻ってこられるのかわからないぞ」

お義父様は陛下の臣下としての考えよりも、私の義父としての考えを優先してくれているようだ。

お義父様とお義母様から大切にされているのが伝わってきて、胸が温かくなる。

「お義父様が私を守りたいと考えてくださっているように、私も王女殿下をお守りしたいのです。どうかお許しください」

「旦那様、リーゼは王女殿下の育ての親ですわよ。可愛い娘を守りたいと思う気持ちは、私達と一緒ですわ」

「……わかった。しかし、あまりにも危険だと判断したらすぐに戻ってもらう」

「お義父様、ありがとうございます」

その後、私は急いで王宮行きの準備をし、すぐに出発した。

出発する私に、お義母様は緑の宝石のネックレスを着けてくれる。

「リーゼ。気を付けて行ってきなさい。そのネックレスは絶対に外さないでね。何かあればすぐに文を出しなさい」

お義母様は、また新しい魔法具を商会長さんから預かっていたようだ。

「はい。行ってきます」

お義母様は私を強く抱きしめてくれる。

最強のお義母様が私に力をくれたようだ。

◇　◇　◇

王宮に着いた私は、すぐにティーナの部屋に案内される。

王宮内は騎士が多く配置されており、騎士達からの視線が痛くて萎縮してしまいそうだ。

ティーナの部屋の前にはさらに十人の護衛騎士が立っていて威圧感がすごい。

「お姉様！」

部屋に入ると、ティーナが私に駆けてきた。

「王女殿下、ご機嫌よう」

駆けてきたティーナをぎゅっと抱きしめる。

王女殿下を抱きしめるなんて無礼だと思われてしまうから、今まで王宮内で抱きしめはしなかった。

しかし、今はそんなことはどうでもいい。

私はただ、この小さな姫様を抱きしめてあげたい。

「お姉様、抱っこして」

「ふふっ。王女殿下を抱っこするのは久しぶりですわね」

ドレス姿で抱っこはしづらいけど、可愛いティーナのためだからしょうがない。

……よっこらしょっと！

小さなお姫様だと思っていたティーナだが、前よりも大きく成長したようで抱っこするのも大変だった。

「王女殿下。前よりも大きくなられたようですね」

「本当？」

「ええ。どんどん大きくなって、いつか素敵なレディになられるのでしょうね。今から楽しみですわ」

ティーナはその後、ずっと私にベタベタして甘えん坊になっていた。

寂しかったり辛かったことがあると、こうやって甘えん坊になるのは相変わらずのようだ。

「お姉様……、お腹空いた」

その言葉に控えていた侍女達の目がキラッと光るのがわかった。

ショックで食欲がなかったと言っていたから、侍女達は心配していたようだ。

「クリフォード侯爵令嬢。王女殿下が空腹でいらっしゃったら食事を作ってほしいと王妃殿下が話されておりました。調理場をいつでも使用できるように準備してあります。食材も用意してありますのでどうぞお使いくださいませ」

「まあ、ご配慮ありがとうございます。王妃殿下が私が調理することをお許しくださっているのなら、今から何か作りましょうか？」

「ハンバーグが食べたいな！」

「ふふっ。わかりました。今からハンバーグを作りましょうね」

その言葉に、ティーナの表情がパァーッと明るくなる。

「いいの？　ポテトフライも食べたいわ。ずっと食べたかったの」

「今日は特別に王女殿下の食べたいものを作りましょうね」

「うん！」

少しは元気になってくれたかな？

周りで私達のやり取りを見ている侍女達は安堵の表情を浮かべている。

案内された調理場は、ドアだけでなく食品庫や食器棚など全てに施錠がしてあった。

「毒物を持ち込まれたり、盛られたりすることを防止するために、施錠をして管理しております。クリフォード侯爵令嬢を信用しておりますが、毒味は数人で行わせていただきますので、どうかご理解くださいませ」

「そのようにしていただいた方が私も安心できますわ。どうぞよろしくお願いします」

早速、侍女に食品庫の鍵を開けてもらうと、中にはいろいろな高級食材が入っていた。冷蔵庫のように冷えていて、肉や魚介類まで置いてある。

「食料品の鮮度を保つために、氷の魔石を使って食品庫の中を冷やしております。この中にいる間は、肌寒く感じると思われますのでご注意くださいませ」

そんな便利な物があったなんて知らなかった。すごく便利だと思う。

私もその魔石が欲しいなぁ。後で商会長さんに頼んでみよう。

「お姉様。ハンバーグには、玉ねぎと卵とお肉を使うのよね？」

「正解です。王女殿下はハンバーグの材料を覚えていてくださったのですね」

「だって、いつもお姉様が作るところを見ていたもの。ポテトフライはジャガイモで作ることも覚えているわよ！」

「王女殿下はすごいですわ」

ティーナと話をしながら材料を選び、すぐに調理を開始する。

調理場で野菜を洗う音や、包丁で刻む音が聞こえると、ティーナの侍女達が食材や調理器具が動いている様子を見て驚いているようだ。

「侍女長、お姉様の魔法はすごいでしょ？　何でも作れるのよ！」

ティーナが話しかけているベテラン風の侍女が侍女長のようだ。しっかりした方のようだし、ティーナを可愛がってくれているのがわかる。

広めの調理場には、ティーナの侍女が五人と護衛騎士が十人いるのだが、家事魔法を初めて見たらしく、みんな目を丸くして見ている。

変な魔法だって引かれないか心配だわ……


ハンバーグとポテトフライを食べ終え、本を読んであげていると、ティーナはウトウトし始める。

その様子を侍女長が微笑みながら見ていた。

「クリフォード侯爵令嬢が来てくださって、王女殿下はとても安心されたようですわ。大好きなものをたくさん食べてお腹いっぱいになり、眠くなられたようですね。お昼寝の時間にいたしましょう」

「王女殿下が安心してくださったなら良かったですわ」

ティーナがお昼寝に入ったタイミングで、私は王妃殿下からお呼び出しを受ける。

緊張しながら王妃殿下のいる執務室に向かうと、王妃殿下は笑顔で私を迎えてくれた。

「エリーゼ、来てくれてありがとう。危険な目に遭うかもしれないのに、すぐに来てくれるとは思わなかったわ。クリスティーナを本当に大切に思ってくれているのね」

「王女殿下が私を必要としてくださるなら、私はいつでも駆けつけたいと思っております」

「まあ！　アルベルトが聞いたら嫉妬してしまうかもしれないわね」

またあの腹黒の話？　私はティーナが一番大事なんだけど。

「ところで……、クリフォード侯爵家の大切なご令嬢をお預かりしている私達としては、貴女に何かあってはいけないと考えているの。だから、エリーゼにも護衛騎士を付けさせてもらうわね」

「……護衛騎士ですか？　私に付けるくらいなら、王女殿下に多く付けてくださった方がよろしいのでは？」

「クリスティーナには護衛をたくさん付けているから大丈夫よ。それとは別に、貴女を気に掛けて見てくれる騎士がいた方がいいと思うの。もしエリーゼに何かあったら、エリーゼが大好きなクリスティーナはどうなってしまうかしら？　こんな時に貴女を呼び出すことが非常識なのは理解しているわ。でも、今のクリスティーナには貴女が必要なの。だから、エリーゼにも護衛騎士は付けさせてもらうわね」

そこまで言われてしまったら断れない。

自分に護衛が引っ付いているのは、常に監視されているようで気が休まらないだろうけど、いざという時に助けてくれるなら我慢しよう。

「わかりました。ご配慮ありがとうございます」

「その護衛騎士なんだけど、騎士団の総帥を務めるアルベルトが直接選んだ人物なの。とても信頼できる人物なのよ。今、呼び出してもらっているから、少し待っていてね」

「はい。よろしくお願いいたします」

私のために、王弟殿下や王妃殿下が信頼している騎士を護衛に選んでくれたらしい。

そんなすごい騎士様なら、安心してティーナの側にいられるはず。

その後、王妃殿下と話をしていると扉がノックされる。

部屋の中に入ってきたのは、私が心の中で腹黒と呼んでいる王弟殿下だった。

「あら、アルベルトは執務が忙しいのに来てくれたのね」

「王妃殿下、執務が忙しいと言っても少しくらい時間はとれますよ。リーゼ、こんな時に来てくれるなんて思わなかった。クリスティーナの叔父として礼を言う。ありがとう」

「当然だと思っておりますわ。それよりも、私のために護衛騎士を付けてくださるとお聞きしました。王弟殿下のご配慮に感謝しております」

「クリスティーナの大好きなリーゼは、私にとっても大切な人だから当然だ」

この場でそんなことを言われても、何と答えたらいいのかわからずに気まずくなってしまう。

「……ありがとうございます」

王弟殿下から百一本の赤い薔薇をいただき、花言葉の意味を知ってしまってから、私は顔を合わせるのが恥ずかしくなっていた。

「そういえば、リーゼに付ける護衛騎士を待たせていたな。メイナード卿、入ってくれ！」

「失礼いたします」

王弟殿下の声掛けで部屋の中に入ってきた騎士様は、スラリとした長身に程よく筋肉のある騎士らしい体形をしていた。

サファイアのような深い青色の瞳にキリッとした精悍な顔、ネイビーブルーのサラサラの髪は、白い騎士服に映えてとても美しく見える。年齢は三十五歳くらいだろうか？　落ち着いた雰囲気のイケメンだ。

その騎士様を見て、私は心の中で密かに叫んでいた。

王弟殿下、ありがとー！

「メイナード卿、こちらがクリフォード侯爵令嬢だ。これからクリスティーナの側にいてもらうことが多くなるから、危険が伴うかもしれない。護衛をよろしく頼む」

「畏《かしこ》まりました」

国王陛下とはまた違った色気のある低い声だ。

年齢的に見て、騎士としてはベテランになるのだろう。この方からは若手騎士にはない貫禄のようなものを感じる。

マジでカッコいい……

私は一目でファンになってしまった。

「リーゼ、メイナード卿は若い令嬢の中には怖いと感じる者がいるようだが、近衛騎士の副団長をしている信頼できる男だ。これから君にはメイナード卿が護衛として付くからよろしくな」

近衛騎士の副団長？　そんなすごい人が私なんかの護衛に付くの？

すると、メイナード卿は私の前に来てスッと跪く。

「クリフォード侯爵令嬢。私の命をかけて貴女をお守りいたします」

こ、これは！　すごいサービスだわ。

やられた……。瞬殺されちゃったよ。

「よ……、よろしくお願いいたします。メイナード卿に迷惑を掛けないよう、きちんと規則を守って生活するようにします」

メイナード卿のカッコよさにやられて、意味不明なことを口にしていた。

「まあ！　エリーゼでも動揺するのねぇ。メイナード卿はベテラン騎士で迫力があるから、まだ若いエリーゼからは、少し怖く見えるんじゃないかしら？　エリーゼと同年代の若い騎士の中にも優秀な者はたくさんいるのだから、副団長で忙しいメイナード卿に護衛を頼まなくてもいいのではと陛下は話されていたのよ。年の近い騎士の方が、エリーゼは気楽に過ごせるだろうって」

私は、メイナード卿があまりにもカッコよくて困惑していただけだが、王妃殿下からは怖くて動揺したかのように見えたらしい。

鼻の下が伸びているように見えてなくて良かったー！

「王妃殿下！　リーゼに何かあれば、クリフォード侯爵家からの王家に対する信用問題に関わってきます。若手騎士よりも、たくさんの修羅場をくぐり抜けてきたベテランのメイナード卿の方が適任です。若い騎士とリーゼが気楽に過ごすなんて、危険でしかありません。リーゼ、メイナード卿は素晴らしい騎士だから大丈夫だ」

修羅場をくぐり抜けてきた騎士様だなんて、ますますカッコいい！

「王弟殿下、素晴らしい騎士様を私の護衛に付けてくださるなんて、とても嬉しく思いますわ。本当に感謝しております。（私好みの騎士様を付けてくれて）ありがとうございました」

しばらくは王宮で住み込みの仕事をする私にとって、メイナード卿の存在は癒しと心の支えになるだろう。私は心の底から王弟殿下に感謝していた。

そんな私を見て、王弟殿下は嬉しそうに微笑む。

「リーゼが喜んでくれて私も嬉しい。私も仕事の合間にリーゼの様子を見に来るから心配するな。そうだ！　夕食は一緒に食べよう。何か困ったことがあれば、何でも私に話してくれ」

私の心からの感謝が伝わったのか、ご機嫌になった王弟殿下は執務に戻っていった。

私の様子ではなく、ティーナの様子を見てほしいのだけど。

そんな王弟殿下に、王妃殿下は呆れた目を向けていた。

「……メイナード卿。アルベルトは、未婚の若い騎士をエリーゼに近づけたくないみたいよ。副団長としての仕事はほかの者に割り振ってちょうだい。忙しいのに悪いわね」

「私は王弟殿下からの信頼を裏切らないよう、任務を全うするだけでございます」

本当にカッコいい……。この雰囲気は二十歳くらいの若造の騎士には絶対に出せないよ。

不安はたくさんあるけど、メイナード卿みたいなカッコいい人が護衛騎士になってくれるのはちょっとしたご褒美だ。

よし、頑張るぞ！

王妃殿下との話を終えた私が執務室から退出した直後、聞き覚えのある声が聞こえてくる。

「まあ！　クリフォード侯爵令嬢、偶然ですわね」

まるで私を待ち構えていたかのように、マクファーデン公爵令嬢が現れた。

なぜこの方が王宮にいるのだろう？　確か謹慎をしていたはずでは？

今日は取り巻き令嬢は連れていないようで、後ろには公爵家から連れてきたと見られる侍女と護衛騎士らしき人物がいた。

「マクファーデン公爵令嬢、ご機嫌よう。あらっ？　今日は私が公爵家でお世話になった侍女はご一緒ではないようですね」

「……っ！　実は、私はうちの使用人がゲストにあのような態度をとっていたと知らなかったのです。クリフォード侯爵令嬢には私から謝罪させていただきますわ。申し訳ありませんでした」

王宮で働く人が行き交う中、弱々しく謝罪するあたりが小賢しい女って感じがする。

でも、あの侍女の話をあえてこの場で振った私も同類かもしれない。

「謝罪を受け入れますわ。マクファーデン公爵令嬢から謝罪をされて、無視できる立場にはありませんから」

(貴女が私より格上の公爵令嬢だから謝罪を受けてあげる)

私も嫌味ったらしい貴族令嬢になりつつある……自分でも嫌な気持ちになっていた。

「謝罪を受け入れてくださって感謝いたしますわ。ところで……、クリフォード侯爵令嬢はなぜこちらに？　王妃殿下の執務室の方から来られたように見えましたわよ。私は兄の執務室に用事があって偶然ここにいたのですが、クリフォード侯爵令嬢は王妃殿下からお呼ばれされるほど仲がよろしいのでしょうか？　ふふっ……、羨ましいわ」

マクファーデン公爵令嬢の笑みにゾクッとした。この方の目はいつも笑っていないから怖い。

大好きな王弟殿下に会いたいから、兄の執務室に面会に行くフリをして王宮内をフラフラしていたのかな？　本当にお疲れ様って感じだわ。

「王妃殿下との関係でしょうか？　私のような立場の者が軽率に発言できませんわ。マクファーデン公爵令嬢ならわかってくださるかと」

「……そう。すでに婚約者気取りってことかしら？」

「はい？」

「王族でもない貴女が、近衛騎士の副団長を護衛に連れて王宮内を歩いているなんてね。近いうちに、王族の方の婚約者になるってアピールをしているように見えますわよ。ふふっ……」

「何をおっしゃっているのか理解に苦しみますわ。私に婚約の予定はありませんわよ」

私も貴女と一緒で婚活に苦労してますので……とは、怖くて言えなかった。

マクファーデン公爵令嬢の言葉には静かな怒りが込められているのが伝わり、ゾッとしてしまう。

やはりマクファーデン公爵令嬢は手強い。これがジョアンナだったら、わかりやすくキレて癇癪をおこし、騎士に連行されるか父親の元伯爵に説教されて終わりなのに。相手をするなら、ジョアンナくらいのレベルの方が私には合っているらしい。

「お話し中、失礼いたします。マクファーデン公爵令嬢、ここは警備の都合上、部外者の長居は禁止されている場所でございます。クリフォード侯爵令嬢、お時間が押しておりますのでそろそろ……」

横から助け船を出してくれたのはメイナード卿だった。

さすがね！　マクファーデン公爵令嬢のこの雰囲気に呑まれず、堂々と会話に割り込んで私を助けてくれるなんて。こんなこと若い騎士では絶対にできない。

「メイナード卿、申し訳ありません。マクファーデン公爵令嬢、私はこれで失礼いたしますわ」

「ええ。ご機嫌よう」

王宮内を移動し、人が少ない場所まで来た時……

「クリフォード侯爵令嬢、おわかりだと思いますが、先程の方には注意されますように。取り巻きの令嬢だけでなく、自分に恋慕する令息すら上手く使うような女だ。近衛騎士の中にもあの女の手下らしき人物がいるので、気を許さない方がいいかと。王女殿下の護衛には入れていないので、普段は接することはないかと思いますが、若い騎士には注意してください」

そりゃあ、あれだけ綺麗な公爵令嬢なら、男どもは喜んで跪くに決まっている。

「わかりました。若い近衛騎士には注意するようにいたします。私もあの方は怖いので」

「あの公爵家繋がりの近衛騎士が何人かいるのですが、勤務に問題がなければ解雇や異動はさせられないのです。申し訳ない。刺客も心配だが、あの令嬢にも気を付けていきましょう」

迫力のある男が謝る姿も素敵だった……

「いいえ。それよりも、先程は助けていただいて嬉しかったです。これからもどうぞよろしくお願いいたします」

「こちらこそよろしくお願いします」

メイナード卿と一緒にティーナの部屋に戻ると、ティーナはまだぐっすり眠っていた。

しばらくして目覚めたティーナは、メイナード卿のことをすでに知っていたらしく、いつものようにいろいろと話しかけている。

ティーナは相変わらず社交的で、誰とでも仲良くできるタイプの人らしい。

「お姉様、今日はお泊まりしていくの？　ティーナのお部屋で一緒に寝ましょう！」

「同じお部屋で眠ることは難しいですが、王女殿下が眠るまで側にいますわ。しばらくは王女殿下のお部屋の近くに泊まらせていただきますから、何かあればすぐにお呼びください」

「本当ー？　じゃあ、私が王宮のことをいろいろ教えてあげるね。夕飯も一緒に食べましょう！」

「はい。ご一緒させていただきます」

「お姉様と一緒で嬉しいな」

その後に侍女長から聞いたのは、よほど忙しいことがない限りは、王家の皆様は家族団欒で夕食を一緒に食べるということだった。

ということは、私は国王陛下や王妃殿下達と一緒にディナーをするのだ。

侍女長に、私は王女殿下の側付きのような立場だから、食事を王族の皆様と一緒に食べるのは遠慮したいと話したのだが、『国王陛下や王妃殿下は、クリフォード侯爵令嬢は大切なお客様だから、夕食はぜひ一緒にとおっしゃっておりました』と、笑顔で言われてしまった。

私は客ではないし、王族の皆様に親戚の娘が泊まりにきた時のような待遇は求めていない。そういえば、王弟殿下も夕食は一緒にと言っていた。

こういうことだったのね……

私の立場で毎日王族の人達と夕食をご一緒するのは絶対に遠慮したい。

そんなことをしたら、また変な噂話が立つに決まってる。

そして、またマクファーデン公爵令嬢にチクチクやられちゃう。

近衛騎士の中にも手下がいるらしいから、私が王宮内でどう過ごしているのかなんて、マクファーデン公爵令嬢を喜ばせたい手下達は、逐一報告しているに違いない。

ティーナのために王宮に来たのはいいけど、私の敵はティーナを狙う刺客だけでなく、マクファーデン公爵令嬢とその手下達もいたといまさら気付いてしまった。

どうする……？　ティーナを助けるために来たとはいえ、必要以上に王族の方々に近付くのは、今後の自分のために良くない。

悩んだ私は、王宮に来た初日だというのに、お義母様に手紙を書いていた。

お義母様はすぐに対応してくれたようだ。

その日は初日ということもあり、ぜひ夕食は一緒にと言われて断れなかったが、翌日の夕食からは別々に食事をすることになった。

「お姉様は、今日は私とは別に夕食を食べるのでしょう？」

「ええ。私も夕食は家族と一緒に食べることになりました」

「おじさまはお姉様と夕食を一緒に食べられるように、早くお仕事を終わらせるって言っていたの……ガッカリするかもしれないわ」

あの腹黒、余計な気遣いはしなくていいから！　私のこの微妙な立場を考えてほしいよ。

「王弟殿下は私などいなくても、可愛い王女殿下と夕食をご一緒できれば、きっとお喜びになりますわ。私は王女殿下が寝る前にはここに戻りますので、ベッドで本でも読みましょうか」

「うん！　約束だよー」

「ふふっ。畏《かしこ》まりました」

お義母様は王妃殿下に文を書いてくれたらしい。

〝エリーゼの義父と義兄が心配しているので、夕食はどちらかがエリーゼと一緒に食べることをお許しいただけないか？〟と。

王妃殿下は、それならしょうがないと言ってくださったようだ。

しかしその結果、私は王宮の寮で生活している義兄と一緒に夕食を食べることになってしまった。

義兄とは滅多に顔を合わせない関係だから良かったのだが、毎日顔を合わせて仲良くできるのかは疑問だ。

あの偏屈と仲良くなれるわけがないか……。変な期待を持つのはやめよう。

でも陛下や王妃殿下達と毎日夕食を一緒するよりはマシなはず。少し不安だけど、偏屈義兄の小言くらいは我慢するようにしよう。

私の不安とは裏腹に、義兄はその日の昼休み、私に面会に来てくれた。

「母上から全て聞いた。夕飯は私の執務室に運んでもらうことにしたから、私がここまで迎えに来るようにする。夕方の終業時間を過ぎたあたりから、王宮内は閑散としているから一人で出歩かない方がいいだろう。私が迎えに来るまでここで待て。わかったな？」

『ここで待て』って、犬じゃないんだから。

でも忙しい中、わざわざ迎えに来てくれるのだから文句は言えない。

「お義兄様、よろしくお願いいたします」

義兄はその日から夕食になると時間ピッタリに迎えに来てくれるようになった。

本当に時間ピッタリに来るものだから、小言を言われたくなくて五分前にはその場で待つようにしている。気難しい職場の上司を待つ気分だ。

そんな義兄は、誰も見ていないのにわざわざ私を丁寧にエスコートしてくれる。

「お義兄様。一人で歩けますから、わざわざエスコートをしていただかなくても大丈夫ですわ」

「エリーゼ、お前の身を守るために私がすべきことは、次期当主である私がお前と仲良くしているように振る舞うことだと思っている。うちの侯爵家は力のある家門だが敵も多い。いつどこで誰が私達を見て、私達の弱みを握ってやろうと目論んでいるのかわからないのだ」

「……その通りですわね」

私に視線を向けることなく、進行方向を向いたまま喋る義兄は全く隙のない手強い人に見えるだろう。

「養女であるエリーゼと義兄の私が不仲に見えたら、エリーゼはうちの侯爵家と敵対する家からすぐに狙われる。特に、王弟殿下を狙うあの身分だけが高い女狐がいい例だ。お前がいくらあのお方との関係を否定しても、殿下や王家がそれを否定しなければいつまでも噂話はなくならないし、今嬢達からは目の敵にされ続ける。だが、私達家族が仲が良いとわからせれば、簡単に手は出しにくいだろう。何かあれば、私や両親が黙っていないと思うだろうからな」

「そこまで考えてくださっているとは思いませんでした。お義兄様、本当にありがとうございます」

「王宮はいろいろな者がいるから危険だ。殿下がメイナード卿を護衛に付けてくれたのは感謝しているが、卿は夕方までの勤務で夜間は別の夜勤の騎士が近くにいるだけなのだろう？　注意して過ごせ。何かあれば、時間を気にせずに同じ王宮内にいる私を訪ねろ。簡単に他人を信じるなよ」

あの偏屈が別人とまではいかないけど、少しだけ気遣いのできる優しい人になっている！

あとは冷たい言葉遣いを直せば、もしかしたら結婚相手が見つかるかもしれない。

「お言葉に甘えて、お義兄様に頼らせていただきます。よろしくお願いいたします」

何かあったら王弟殿下や王妃殿下よりも、家族である義兄の方が頼りやすそうだ。

義兄は執務室で二人きりになると、マクファーデン公爵令嬢の手先だと思われる近衛騎士の名前と特徴を教えてくれた。マクファーデン公爵家の分家の子爵家や男爵家の令息が中心らしい。

「下位の貴族の子息達ばかりなんですね。マクファーデン公爵令嬢に叶わぬ恋心を抱いて、良いように使われているのでしょうか？」

「それが恋なのかはわからない。公爵令嬢に命令されれば、身分が低い者達は拒否できないだろ？　ただハッキリしているのは、あの女の本性はみんな知っているから、高位貴族の令息は誰も近づかないようだ。だから、王弟殿下を手に入れるために必死なのだろう。今だから思うのだが、オルダー伯爵令嬢なんかは、あの女にいいように悪者に仕立て上げられていたような気がするな」

ジョアンナは短絡的だから、マクファーデン公爵令嬢の挑発にあっさりと乗ってしまいそうだ。

しかし、あの王弟殿下を公爵令嬢と取り合って、悪者に仕立て上げられながらもめげずに一途な恋をしていた。

ジョアンナ、すごいよ……。私は一途な恋を貫いたジョアンナを尊敬する。

私には絶対にムリ！

なぜかジョアンナの顔が見たくなってきた。

あの裏表のない、ちょっぴりおバカさんなジョアンナが懐かしい。

全てが落ち着いたら、手紙でも書こうかな。


義兄と一緒に夕飯を食べるようにしてから数日後。

「クリフォード侯爵令嬢。本日の夜間の警備を担当させていただく、ノーマン・レストンと申します。夜間、何かあればすぐに私をお呼びください」

もし天使が成人した男の子になったら、こんな容姿になるのかもしれないと思わせるような超絶美少年風の近衛騎士が笑顔で話しかけてきた。

この方は、義兄が教えてくれた要注意人物の中の一人で、マクファーデン公爵家の分家で、レストン子爵家の令息だと思われる。護衛にも入りこんでいたのね。

下っ端の若い騎士が個人的に挨拶に来るなんて不自然すぎる。これだから若い男はダメなのよ！

レストン子爵令息は可愛い系の美少年で、こういうタイプが好きな人はたくさんいるだろう。前世でいうとアイドルをやっていそうな容姿で、若い子からおばちゃんまで虜にしてしまいそうだ。

マクファーデン公爵令嬢は、美少年を使って私にハニートラップでも仕掛けたいのかもしれない。でも残念ながら美少年は私のタイプではないのよ。うふふっ……

私のタイプは国王陛下やメイナード卿みたいな、キリッとした迫力ある大人の男なんだから。アイドルよりも、銀幕スターや任侠映画に出演してそうな俳優が好みなんだから！

マクファーデン公爵令嬢は、私とこの近衛騎士を仲良くさせて二人は恋仲だとか噂を流したいのかもしれない。

日中はあのメイナード卿が側にいて若い近衛騎士達は私に近付けないようだから、メイナード卿のいない夜間に接触しようとしているのが見え見えだ。

面倒だった私は、はっきりと伝えた。

「レストン様、今夜はよろしくお願いいたします。ところで……、レストン様とマクファーデン公爵令嬢は親しい間柄だとお聞きしましたが、マクファーデン公爵令嬢はお元気にされてますか？」

(アンタがマクファーデン公爵令嬢の手下だって知ってるからね！)

一瞬、令息の表情が強張ったのを私は見逃さなかった。

「……マクファーデン公爵令嬢は私の親戚になるお方ですが、私が親しいなどと言っていいような立場のお方ではありません」

「そうでしたか。勘違いして申し訳ありませんでした。お仕事中の長話はレストン様の迷惑になってしまいますから、私はこれで失礼させていただきますわ」

（仕事をサボって話しかけてくんなよ！）

「あ……、はい」

レストン子爵令息の笑顔が固まっていたが、そんなことは気にしない。

私は自分とティーナのことで精一杯なのだから。

翌日、機嫌の良さそうなティーナは朝からニコニコしていた。

夜勤の侍女の報告だと、昨夜は久しぶりにぐっすりと眠ることができたらしい。

「お姉様。昨日の夜に近衛騎士様に話しかけられていたでしょう？」

「お休みになっていた王女殿下に話し声が聞こえてしまいましたか？　失礼いたしました」

「ふふっ！　お姉様に話しかける近衛騎士様が珍しいなぁと思って、ドアの隙間から覗いていたの」

このお姫様は、相変わらず可愛いことをしているようだ。

「そうでしたか。私に話しかける近衛騎士様はほとんどいないので、珍しく感じますよね」

「でもおじさまがね……、お姉様に近付こうとする男の人がいたら、すぐに教えるようにって私によく言うのよ。近付くって何？　お姉様に話しかけてくる人も近付いているって言うの？」

あ、あの腹黒……、まだ幼いティーナに何を言っているのよ！

「王女殿下、お話し中に失礼します。私は夕方までの勤務ですから、夜間に何があったのかを私にもいろいろと教えてくださると助かります。昨日の夜は、誰がクリフォード侯爵令嬢に話しかけていたのでしょうか？」

それは私の護衛をしてくれているメイナード卿だった。

和やかにティーナに話しかけているが、目は笑っていない。

「えっと……、すごく綺麗な顔をしたお兄さんの近衛騎士様だったよ」

「昨夜の勤務で綺麗な顔をしたお兄さんと言えば、レストン卿でしょうか？　普段はこちらの警備担当ではないので、王女殿下の知らない近衛騎士だったのですね。その者は昨日の休みの者に代わって、急遽こちらの警備に入ったのです。王女殿下、そのことは私から王弟殿下に報告しておきますから大丈夫ですよ。また何かあれば私に教えてください」

メイナード卿は、腹黒の王弟殿下に忠誠を誓っているらしい。

「うん。メイナード卿にたくさん教えてあげるね！」

メイナード卿は笑顔でティーナと話をしているのに、その様子を見ているほかの護衛騎士達の表情が凍りついている。メイナード卿は若手の騎士から見たら、相当怖い上官なのかもしれない。

しかし、私生活では愛する奥様の尻に敷かれていると笑って話していたメイナード卿。怖そうに見えて実は愛妻家だなんて、とっても素敵だわ！

「お姉様……？」

いけない！　推しのメイナード卿に夢中になりすぎていた。

「王女殿下、何でしょうか？」

「今日はお姉様とクッキーを作りたいわ！」

「クッキーですか……」

王女殿下にお菓子を作らせていいのかと迷っていると、侍女長と目が合う。

「クリフォード侯爵令嬢。今から王妃殿下に許可を取ってきますわ」

侍女長はすぐに王妃殿下の許可を取ってきてくれた。

王宮で生活して気付いたのは、陛下や王妃殿下は大らかにティーナを育てているということだった。

王女という立場だから、いろいろと制約されて息苦しく生活しているのかと思っていたが、周りに迷惑を掛けなければ、王宮内で割と自由にさせてもらっているらしい。

「王女殿下。早速、クッキーの材料を選びましょうね。クッキーに何を入れましょうか？」

「チョコがいいわ！」

「ナッツやミントはどうしますか？」

「ナッツもミントもいらないわ。チョコがいいの」

ティーナはチョコチップクッキーが大好きで、ナッツやミントが苦手なのは変わっていないようだ。

「畏《かしこ》まりました。チョコをたくさん入れましょうね」

「うん！」

ティーナとお菓子作りをする時は、型抜きだけをティーナにやってもらい、ほかは全部家事魔法でやるので、あっという間にでき上がる。

「お姉様、オーブンからいい匂いがしてきたわ！」

「ええ。もうすぐ焼き上がりますね」

家事魔法で焼いていると、火加減もバッチリで焦げずにサクサクに仕上がるから助かる。

「お姉様。クッキーは大好きなお父様とお母様と、お兄様とおじさまにプレゼントしたいわ！」

ハァー、このお姫様はどうしてこんなに可愛いの？

大好きな家族にプレゼントしたいなんて言われたら、ダメなんて言えないよ。

そんな私の心の声が聞こえたのか、侍女長はサッとラッピング用のリボンや袋を持ってきてくれた。

「王女殿下。侍女長がリボンや袋を用意してくれたので、クッキーが冷めたら袋詰めをしましょう。陛下や王妃殿下達にクッキーをプレゼントしたら、きっとお喜びになりますわ」

「うん！　そういえば、おじさまはお姉様のクッキーが一番美味しいって言ってたから、きっと喜んでくれるわよ」

「……そうですか」

そんなことを言われても、私は王弟殿下の気持ちに応えられないから胸が痛む。

たとえ腹黒でも、ティーナを可愛がってくれる良い人なのはわかっている。

しかし、私はたくさんの令嬢を敵に回してまであの方に向き合う決心がつかない。

私は安全と安心、平和が一番大切なのだから。

ラッピングしたクッキーは、夕食時にティーナから陛下達に直接渡せたようだ。

「お姉様。お父様もお母様もクッキーを喜んでくれたわ。お仕事で疲れた時に食べるんですって！　お兄様はすぐに食べてくれたのよ。美味しいって言ってくれたわ」

「それは良かったですわ」

翌日、嬉しそうに報告してくれるティーナに癒されていると、誰かが来たようだ。

「王女殿下。王弟殿下がいらしております」

「えっ、おじさまが？」

すると、ミニブーケを持った王弟殿下が部屋に入ってきた。

「クリスティーナ、これはクッキーのお礼だ。とっても美味しかったぞ。また作ってくれ」

それはピンクの薔薇の可愛らしいブーケだった。

「とっても綺麗だわ！　おじさま、ありがとう」

ピンクの花が大好きなティーナのために用意したとわかるブーケだ。

王弟殿下のティーナへの溺愛ぶりが伝わってくる。

嬉しそうに笑っているティーナを見て、私まで幸せな気持ちになる。

すると、王弟殿下は後ろに控えていた従者から赤い薔薇のブーケを受け取る。

そして……

「リーゼ、これは君に受け取ってもらいたい。クリスティーナを元気にしてくれてありがとう」

このタイミングで赤い薔薇……

「わあ！　赤い薔薇はお姉様にピッタリだわ！」

ティーナは、赤い薔薇を見て固まる私の横で大喜びしている。

「お姉様。おじさまも王子様みたいでしょ？　早くブーケを受け取ってあげて」

私には、喜ぶティーナの前でプレゼントを遠慮することはできなかった。

「……王弟殿下、ありがとうございます」

「ふっ！　リーゼは、困ったように笑うんだな。赤い薔薇を受け取ってもらえたからと、今すぐリーゼに何かを期待するつもりはないから大丈夫だ。今はな……じゃあ、失礼するよ」

腹黒特有の胡散臭い笑顔を見せた後、王弟殿下は行ってしまった。

今のは何？　私が王弟殿下に対して、恋愛感情を持っていないとわかっている口振りだった。

その時、周りにいた侍女や護衛騎士達からの視線に気付く。

みんなは何でニコニコして見ているの？

メイナード卿なんて、いつもはキリッとした隙のない雰囲気なのに、珍しく表情が緩んでいる。

これはまた勘違いされてるわ……

「お姉様とおじさまには仲良くなってもらいたいから、お姉様がブーケを受け取ってくれて良かったわ」

ティーナが心配するほど、私は王弟殿下に対してぎこちない態度を取っていたようだ。

今後は気を付けなければならない。

「王女殿下の大好きな人は、私も大好きですので何の心配もありませんわ」

「本当？」

「はい。私は王女殿下が大好きですから、王女殿下が大好きな人は私にとっても大好きな人です」

「じゃあ、お父様とお母様に伝えておくわね。おじさまも、お姉様がおじさまを大好きだと知ったらきっと喜ぶわ！」

「ええっ！　それはちょっと……、恥ずかしいので秘密にしてくださいませ」

王宮で過ごす日々は、いつ刺客が来るのかわからないから不安だ。

でも、可愛いティーナと一緒に過ごせる日々は、私にとって一番幸せな時間だった。

「お姉様、私はお父様とお母様とお兄様とおじさまと、侍女長とメイナード卿と……お城にいる人みんな大好きなんだけど、お姉様が側にいてくれると一番嬉しいの。明日も明後日もその次の日も、ずっとお姉様と一緒にいたいわ」

私の天使は今日も安定の可愛さだ。

「はい……。私も王女殿下と一緒にいられて嬉しいですわ。ずっとお側においてくださいね」

この笑顔を守るためなら何でもする。

この子は私の夢であり希望なのだから。

私は絶対に負けない。

［原作］ナカノムラアヤスケ
［漫画］文月路亜
RC
Regina COMICS
転生ババァは見過ごせない！
元悪徳女帝の二周目ライフ
1~4
アルファポリス
Webサイトにて
好評連載中
大好評発売中!!
恐怖政治により、国を治めていたラウラリス・エルダヌス。彼女の人生は、勇者に討たれ幕を閉じた。——はずが、三百年後、少女の姿で元女帝が大復活!? 自らの死をもって世界に平和をもたらしたラウラリスを称え、神様が人生やり直しのチャンスをくれたらしい。第二の人生は平穏気ままに暮らしたいが、いつの世にも悪い奴らはいるもので……
無料で読み放題
今すぐアクセス！
レジーナWebマンガ
B6判 / 各定価：748円（10%税込）
［原作］ナカノムラアヤスケ
［漫画］文月路亜
転生ババァは見過ごせない！
元悪徳女帝の二周目ライフ
4
民を脅かす悪の組織への
制裁前夜
シリーズ累計300,000部突破!!!
アルファポリス

この作品に対する皆様のご意見・ご感想をお待ちしております。
おハガキ・お手紙は以下の宛先にお送りください。

【宛先】
〒 150-6008 東京都渋谷区恵比寿 4-20-3 恵比寿ｶﾞｰﾃﾞﾝﾌﾟﾚｲｽﾀﾜｰ 8F
（株）アルファポリス　書籍感想係

メールフォームでのご意見・ご感想は右のＱＲコードから、
あるいは以下のワードで検索をかけてください。

アルファポリス　書籍の感想　検索

ご感想はこちらから

本書は、「アルファポリス」（https://www.alphapolis.co.jp/）に掲載されていたものを、
改稿、加筆のうえ、書籍化したものです。

異世界《いせかい》で捨《す》て子《ご》を育《そだ》てたら王女《おうじょ》だった話《はなし》
せいめ

2023年 12月 5日初版発行

編集－桐田千帆・森 順子
編集長－倉持真理
発行者－梶本雄介
発行所－株式会社アルファポリス
〒150-6008 東京都渋谷区恵比寿4-20-3 恵比寿ｶﾞｰﾃﾞﾝﾌﾟﾚｲｽﾀﾜｰ8F
TEL 03-6277-1601（営業） 03-6277-1602（編集）
URL https://www.alphapolis.co.jp/
発売元－株式会社星雲社（共同出版社・流通責任出版社）
〒112-0005 東京都文京区水道1-3-30
TEL 03-3868-3275
装丁・本文イラスト－緑川葉
装丁デザイン－ナルティス（Urara Inami）
（レーベルフォーマットデザイン―ansyyqdesign）
印刷－中央精版印刷株式会社

価格はカバーに表示されてあります。
落丁乱丁の場合はアルファポリスまでご連絡ください。
送料は小社負担でお取り替えします。

ISBN978-4-434-32964-7 C0093